T0014631

Los demonios de la noche

Charles Nodier

Título original: *Smarra ou Les Démons de la nuit*
Edición y notas: Jorge A. Sánchez
Traducción y notas: Alberto Laurent
Se agradece a Loto Perrella su colaboración en la traducción de las citas en latín
Maquetación y diseño de portada: Vanesa Diestre
Imágenes de portada: Shutterstock

La presente edición es propiedad de
Ediciones Abraxas S.L.
edicionesabraxas@gmail.com

Impreso en España / *Printed in Spain*
ISBN: 978-84-15215-39-4
Depósito legal: B 13537-2018

Los demonios de la noche

Charles Nodier

EDICIONES ABRAXAS

Nota preliminar

Charles Nodier —nacido en Besançon el 29 de abril de 1780 y muerto en París el 27 de enero de 1844— fue hijo de un orador y antiguo profesor de oratoria. Educado por su mismo padre en las más estrictas tradiciones oratorias —y de aquí, sin duda, la brillante ampulosidad de su estilo—, muestra muy tempranamente su afición por la literatura. En Estrasburgo (1794), y con gran aprovechamiento, sigue las lecciones del famoso helenista y acendrado patriota Euloge Schneider. Elegido miembro de la Sociedad de Amigos de la Constitución cuando apenas tenía doce años, pronuncia un discurso de ingreso que es muy aplaudido. Forma parte de la comisión que se envía para felicitar al general Pichegru por su victoria sobre los austríacos. Asustado el padre —presidente por entonces de la Sala de lo Criminal— por los excesos revolucionarios de Nodier, lo confía a la cuidadosa férula de Girod de Chantraus, antiguo amigo, que con Nodier se retira al caserío de Novilars. En tan apacible paraje, el más a propósito para el estudio, amplía su instrucción y aprende alemán e inglés. Pasado el Terror, vuelve al pueblo nativo e ingresa en la Escuela Central, de la que sale a los diecisiete años, y se le nombra bibliotecario adjunto de Besançon.

En 1799, olvidando sus primeras actuaciones políticas, se entretiene en parodiar, con unos cuantos amigos, las sesiones de los jacobinos, lo que motiva su persecución y comparecencia ante el jurado, que le absuelve, pero pierde su puesto de bibliotecario. Deseosa su familia de que se dedique al foro, comienza los estudios jurídicos, que no tarda en abandonar. En 1801 llega a París, y allí empieza a escribir su primera novela: *Stella ou les Proscrits*. Colabora en *La Décade philosophique* y en 1803 escribe, bajo seudónimo, una oda satírica —«La Napoleona»—, que le vale un meses de encierro, primeramente y su expulsión de la capital, después.

De vuelta a Besançon, continúa su campaña contra el Consulado; se adhiere al famoso complot que Méhée descubre y denuncia, y que tiene por finalidad una alianza entre realistas y jacobinos; esto le lleva a ser perseguido de nuevo por la policía; huyendo de ella, y tras un largo y azaroso errar por los campos, escondiéndose de noche en cualquier humilde establo en algún alejado presbiterio, consigue internarse en las montaña del Jura.

«Al principio —escribe Paul Fabre— se daba a conocer, exagerando los peligros que le amenazaban y aquellos otros que hacía correr, contra su voluntad, a sus huéspedes. En aquel punto se trataba en generoso combate, del que nunca salía vencido. Cenaba alegremente, dormía en la paja, desapareciendo, al alborear, entre los votos y las bendiciones del buen cura.

»Ordinariamente, y aparte de los curas, dirigía también a los médicos rurales, llevado de su afición a estas escenas novelescas, repetidas de continuo, pues se había llegado a tener por el más perseguido de los proscritos. Hábil para discurrir sobre medicina y sobre cuanto a ella se refiere, maravillaba a sus acogedores con lo extenso y vario de su saber. Al despedirse, les dejaba plantas extrañas e insectos, incitándolos ahincadamente a formar colecciones. Profesor errante de historia natural, se hizo, en el Jura, de un gran núcleo de alumnos, que recuerdan aún sus enseñanzas, atractivas de por sí, tanto por el maravilloso encanto de su conversación como por el interés que su misteriosa excitaba.»

Al finalizar esta vida nómada, la protección de Jean de Bry, prefecto de Daubs, le proporciona dictar un curso de filosofía, literatura, gramática y ciencias naturales en Dole. Aquí se casa poco después con la señorita Liberté-Constitution-Désirée Charve, y este casamiento frena sus inquietudes y le endulza el resto de vida. La escasa retribución de la cátedra lo lleva a ser secretario de sir Herbert Croft, un inglés lleno de dinero, de chifladuras y de filología, al que abandona en 1809. En 1812 le nombran bibliotecario de Laibach, y más tarde director del *Télégraphe Illyrien*. La separación de las provincias ilíricas, ocurrida en 1813, del imperio francés, lo lleva nuevamente a París, donde colabora en el *Journal de l'Empire*.

A la caída de Napoleón, que acaece poco tiempo después, sigue con ardoroso denuedo las polémicas que la nueva situación política suscita. En 1818 publica *Jean Sbogar*, que había comenzado en Iliria[1]. Abandona la redacción del *Journal de débats* y pasa a la de *La Quotidienne* (1820). Al año siguiente, y en compañía del barón Taylor, viaja por Escocia, viaje que causa en el

1 Iliria, antigua región del norte de los Balcanes, que pertenecía entonces al imperio francés, comprende las actuales Croacia, Bosnia Herzegovina y Albania.

escritor una profunda impresión que reflejará en *Promenade de Dieppe aux montagnes d'Écosse*, y en noviembre de ese año publica *Los demonios de la noche*, que como veremos en su «Prefacio II» recibe muchas críticas.

En 1822 se edita su *Infernaliana* y Nodier escribe el prólogo a una reedición de *Las mil y una noches*, en la ya célebre traducción de Galland; y en julio hace su aparición *Trilby*.

Había publicado ya muchas obras, y su renombre literario se consolidaba por momentos. Y llega el año 1824, época miliar y decisiva en la vida de Nodier. En dicho año le nombran bibliotecario del Arsenal, y este nombramiento lo trastrueca y revoluciona colocando un hito, acaso el más importante, en su historia literaria. El bullicioso y brillante joven de antaño, siempre dispuesto a lanzar las estridencias de su verbo fogoso y multicolor, se para en seco, otea y cambia de rumbo. El agitado y entenebrecido espíritu se amansa y transparenta. Estas horas de ahora, más diáfanas, como más encanecidas y maduras que son; estas horas, llenas del jugo artificioso de los libros y del más verdadero y jugoso jugo de la vida, las estruja entre las manos serenamente, haciéndoles destilar, palabra a palabra, las más apreciadas y mejor recibidas páginas de sus obras.

A esta época pertenece *La Fée aux Miettes* (1832), esa fantasía moral, llena de ingenuas enseñanzas, y en la que se ven páginas de fino humorismo y suave ironía, como aquellas en que se burla donosamente —acaso para vengarse de las sufridas persecuciones— de la justicia que hacen los tribunales de justicia. La obra había aparecido en el tomo IV de sus *Obras completas*, ocasión que le sirve para reflexionar —a veces con amargura— sobre sus éxitos como autor.

En el Arsenal inaugura una serie de reuniones que se hicieron célebres y que gozan de una gran importancia en la historia de la literatura francesa. Allí, en efecto, se crea el primer cenáculo del romanticismo. Con Víctor Hugo, Lamartine, Sainte-Beuve, Vigny, los dos Deschamps, Musset, etc. Nodier, gran admirador de Goethe y de Shakespeare, enamorado de lo fantástico, idólatra del wertherismo, ejerce una influencia marcadísima sobre la nueva escuela. Posteriormente, el Arsenal agrupa todos los domingos, en torno de las más encantadoras jóvenes, entre las que descuella la propia hija de Nodier, que se hace acreedora al famoso soneto de Arvers, a todos los escritores jóvenes de más talento y a los más encopetados personajes de la época. Por allí desfilan el barón Taylor, Amaury-Duval,

Hetzel, Reber, Marmier, Guigoux, Jasmin, Arvers, Alexandre Dumas, padre e hijo, etcétera.

Caracterizar su obra es muy difícil. Hombre de alas y no de raíces, su curiosidad, llena de ruedas, le conduce a todos los géneros y a todas disciplinas; pero sobre todo cae como sobre un trampolín: para salir despedido. Cuentista, poeta, novelista, fisiólogo, médico, filólogo, historiador, entomólogo, etc., lo es todo y en todo deja el rastro de su imaginación y las resonancias de su brillante y erudito estilo oratorio.

Como fisiólogo, predice al hombre del porvenir, el ser comprensivo que se parecerá «al hombre como el hombre se parece a los animales, a los que se parece mucho, pero con un desarrollo de órganos cuyo alcance y extensión no es posible adivinar; tendrá todos los sentidos que se observan en la actual abundancia de seres creados, y muchos otros que ni siquiera se presienten y que se le reservan a él».

Como médico, formula la ley de herencia de la tuberculosis y estudia el sueño, la locura y el cólera. Además, hace una campaña en pro de una más razonable ortografía para los nombres médicos.

A la filología se acerca con el oído; escucha al lenguaje, cree sorprender su secreto y crea su famoso sistema, según el cual el lenguaje es una imitación de los ruidos de la Naturaleza.

Pero Nodier, ante todo, es un conversador admirable; por sus charlas en la intimidad, más que con sus escritos, sin duda, ejerce una gran influencia en la evolución de la literatura en los comienzos del siglo XIX.

Escribe hasta el último momento. Su vida, de bulliciosa juventud, se extingue serenamente en la vejez. La Academia le abre sus puertas el 24 de octubre de 1833. Su muerte es llorada por todos. Besançon le eleva una estatua. Charles Nodier, por ahora, queda inmortalizado.

J.A.S

Los demonios de la noche

El prólogo

Somnia fallaci ludunt temeraria nocte,
Et pavidas mentes falsa timere jubent.[2]
Catulo

La isla está llena de rumores, sonidos y dulces aires que nos deleitan sin llegar a molestar. Hay ocasiones en las que miles de vibrantes instrumentos zumban en mis oídos; otras veces, son voces que, tras despertar de un largo sueño, me harían regresar de nuevo a él; y, en ocasiones, cuando dormía, me ha parecido ver que las nubes se abrían, mostrando toda suerte de bienes que llovían sobre mí; de tal manera que conseguían

2 *Los sueños temerarios juegan en la engañosa noche, y hacen temblar nuestras almas con falsos terrores* (IV Elegía de Tíbulo, que en época de Nodier se atribuía a Catulo).

despertarme, haciendo que llorase por volver a soñar otra vez.

SHAKESPEARE[3]

¡Ah! ¡Cuán dulce es, Lisidis mía, cuando la última campanada, que expira en las torres de Arona,[4] acaba de dar las doce…, cuán dulce es compartir contigo el lecho, durante tanto tiempo solitario, desde el que te soñaba hace ya un año!

¡Eres mía, Lisidis, y los malignos genios que separaban de tu agraciado sueño el sueño de Lorenzo no me espantarán jamás con sus prestigios!

Con razón se decía, permanece segura, que aquellos nocturnos terrores que asaltaban, que quebrantaban mi alma en el curso de las horas destinadas al reposo, no eran más que el resultado natural de mis obstinados estudios sobre la maravillosa poesía de los antiguos, y de la impresión que me habían producido algunas de las fábulas fantásticas de Apuleyo, pues el primer libro

3 Cada una de las partes en que se divide *Los demonios de la noche* están precedidas por una cita de Shakespeare, cuya versión francesa es algo «caprichosa» (véase nota 20 de pág. 85). Todos los textos provienen de *La tempestad*, salvo en «El epílogo», cuyo epígrafe ha sido tomado de *Sueño de una noche de verano*. [E.]

4 Ciudad del Piamonte italiano, junto al lago Mayor (Maggiore), como indican más adelante la evocación de la Isola Bella y la estatua de san Carlos Borromeo. [E.]

de Apuleyo se apodera —con tan vívida y dolorosa presa— de la imaginación que jamás querría, a costa de mis ojos, que llegara ante los tuyos.

¡Que no me hablen más hoy de Apuleyo y de sus visiones; que no me hablen más de latinos ni de griegos, ni de los fascinantes caprichos de sus genios! Pues tú, Lisidis, ¿no eres para mí una poesía más bella que la poesía, y más rica en divinos encantamientos que toda la naturaleza?

¡Mas dormís, niña, y ya no me escucháis! ¡Habéis bailado hasta muy tarde esta noche en el baile de la Isola Bella!... ¡Habéis bailado demasiado, sobre todo cuando no lo hacíais conmigo, y estáis fatigada como una rosa mecida todo el día por las brisas, y que aguarda, para alzarse más bermeja en su tallo medio inclinado, la primera mirada de la mañana!

Así pues, dormíos cerca de mí, con la frente apoyada en mi hombro y caldeando mi corazón con la tibieza perfumada de vuestro aliento. También me atrapa el sueño, pero esta vez desciende sobre mis párpados casi con la misma gracia que uno de vuestros besos. Dormid, Lisidis, dormid.

* * *

Hay un momento en que la imaginación suspendida en la ola de sus pensamientos... ¡Paz!... Es de noche sobre la tierra. Ya no oís cómo resuenan sobre el sonoro empedrado los pasos del ciudadano que regresa a su casa, o los metálicos cascos de las mulas cuando llegan por la tarde a la cuadra. El ruido del viento que gime o silba entre las piezas mal encajadas de la ventana es todo lo que os queda de las usuales sensaciones de vuestros sentidos y, al cabo de algunos instantes, imagináis que ese murmullo existe en vuestro interior. Se convierte en voz de vuestra alma, en el eco de una idea indefinible, pero estable, que se confunde con las primeras percepciones del sueño. Así dais comienzo a esta vida nocturna que transcurre (¡oh, prodigio!...) en mundos siempre nuevos, entre innumerables criaturas cuyas formas han sido concebidas por el gran Espíritu, que no se ha dignado llevarlas a cabo, contentándose con esparcir veleidosos y misteriosos fantasmas en el universo ilimitado de los sueños. Los Silfos, aunque aturdidos por el ruido de la velada, descenderán zumbando a vuestro alrededor. Ya golpean con su monótono batir de alas de falena vuestros entorpecidos ojos y veis flotar durante largo tiempo en la oscuridad profunda el polvo transparente y abigarrado que dejan escapar, como una pequeña y luminosa nube en mitad de un cielo apagado. Se apresuran, se abrazan, se confunden, impacientes por renovar la conversación mágica de las noches precedentes y contarse los inusitados sucesos que ahora se presentan ante vuestro espíritu bajo el aspecto de una reminiscencia maravillosa. Poco a poco, su voz se debilita, aunque puede ser que os llegue mediante un órgano desconocido que transforma sus relatos en decorados vivientes y que os convierte en actor involuntario de escenas que os han preparado; pues la imaginación del hombre dormido, con la capacidad de su alma independiente y solitaria, participa, en cierta manera, de la perfección de los espíritus. Emprende el vuelo con ellos y, llevada milagrosamente a la presencia del coro aéreo de los sueños, vuela de sorpresa en sorpresa hasta el instante en que el canto de un pájaro madrugador advierte a su aventurada escolta del retorno de la luz. Espantados por el grito precursor, se congregan como un enjambre de abejas al primer fragor del trueno, cuando grandes gotas de lluvia doblegan la corona de las flores que la golondrina acaricia sin tocar. Caen, rebotan, remontan, se cruzan como átomos arrastrados por fuerzas contrarias y desaparecen en desorden en un rayo de sol.

El relato

O rebus meis
Non infideles arbitrae,
Nox, et Diana, quae silentium regis,
Arcana, cum fiunt sacra;
Nunc, nunc adeste...[5]

¿Cuál es el conjuro que impele a esos espíritus irritados a espantarme con su clamor y sus rostros de trasgo? ¿Quién agita ante mí esas teas llameantes? ¿Quién hace que me pierda en el bosque? A veces parecen simios que me hacen muecas y cuchichean, y luego me muerden, o puerco

5 El Epodo V de Horacio, que cuenta la horrible historia de un niño enterrado vivo por un mago: *¡Oh noche! y ¡oh Diana!, compañeras fieles de mis empresas, que presidís el silencio, sedme propicias en la celebración de estos sagrados misterios. Ahora, ahora venid.*

espines que se atraviesan en el sendero que siguen mis pies desnudos y alzan sus púas para herirme.

Shakespeare

Acababa de terminar mis estudios en la escuela de los filósofos de Atenas y, atraído por las bellezas de Grecia, visitaba, por vez primera, la poética Tesalia. Mis esclavos me aguardaban en Larisa, en un palacio acomodado para recibirme. Había deseado recorrer a solas, y en las impresionantes horas de la noche, aquel bosque, famoso por los prestigios de las hechiceras, que despliega sobre las márgenes del Peneo frondosas hileras de árboles verdes. Las espesas sombras que se agolpaban sobre la bóveda inmensa del bosque apenas dejaban escapar a través de algunas ramas muy extrañas, en un claro abierto sin duda por el hacha del leñador, el tembloroso rayo de una estrella pálida y rodeada de bruma. Mis entorpecidos párpados iban cayendo, a mi pesar, sobre mis ojos fatigados por la búsqueda de la blanquecina huella del sendero que se borraba en los matojos y solo podía sustraerme al sueño siguiendo con dolorosa atención el ruido de las pisadas de mi caballo, que tan pronto hacían que la arena gritara como que la hierba seca gimiera cayendo simétricamente en el camino. Si en alguna ocasión llegaba a detenerse, me despertaba al sentir su inmovilidad, pronunciaba su nombre en alta voz y apresuraba su marcha, que había llegado a ser demasiado lenta debido a mi cansancio o mi impaciencia. Asustado por no sé que obstáculo desconocido, daba saltos, lanzaba por los ollares relinchos fogosos, se encabritaba de terror y retrocedía, espantado por las chispas que las piedras, al romperse, hacían saltar a su paso...

—*¡Flegón, Flegón!* —le decía, tocando con mi apesadumbrada cabeza su cuello, que se hallaba tenso por el espanto—. ¡Oh, mi querido *Flegón*! ¿No es hora ya de regresar a Larisa, en donde nos aguardan los placeres y sobre todo el dulce sueño? Resiste valientemente solo un poco más, y dormirás sobre una litera de flores escogidas; pues la paja dorada que se recoge para los bueyes de Ceres no es suficientemente fresca para ti...

—¿No ves, es que no ves —dijo, estremeciéndose—... que las antorchas que ellas sacuden ante nosotros devoran el brezo y mezclan vapores mortales con el aire que respiro?... ¿Cómo quieres que atraviese sus círculos mágicos y sus amenazadoras danzas, que hasta harían recular a los caballos del sol?

Y, sin embargo, el paso cadencioso de mi caballo seguía resonando continuamente en mis oídos, y el más profundo sueño suspendía aún por más tiempo mis inquietudes. Solo que, por un instante, un visible grupo de extrañas llamas pasaba riendo sobre mi cabeza... o un espíritu deforme, con apariencia de un mendigo o de un herido, se enganchaba a uno de mis pies, dejándose llevar por mí con horrible júbilo; o un repulsivo anciano, que añadía la vergonzosa fealdad del crimen al de la caducidad, se sentaba a la grupa detrás de mí, enlazándome con sus brazos descarnados como los de la muerte.

—¡Vamos, *Flegón*! —exclamé—. ¡Vamos, el más bello de los corceles que alimentara el monte Ida, arrostra los perniciosos terrores que encadenan tu coraje! ¡Esos demonios no son más que vanas apariencias! Mi espada, que gira en círculo alrededor de tu cabeza, divide sus engañosas formas que se disipan como una nube. Cuando los vapores de la mañana flotan sobre las cimas de nuestras montañas, y cuando, alcanzados por el sol naciente, las envuelven con una banda medio transparente, la cumbre, separada de la base, parece suspendida en los cielos por una mano invisible. Así es, *Flegón*, cómo las brujas de Tesalia se dividen ante el filo de mi espada. ¿No escuchas a lo lejos los gritos de placer que se elevan desde los muros de Larisa?... ¡Ahí, ahí están las soberbias torres de la ciudad de Tesalia, tan cara a la voluptuosidad; y esta música que sube por los aires es el canto de sus jóvenes!

¿Quién de vosotros me devolverá, sueños seductores que acunáis el alma embriagada en los recuerdos inefables del placer, quién me devolverá el canto de las jóvenes de Tesalia y las noches voluptuosas de Larisa? Entre columnas de un mármol semitransparente, bajo doce cúpulas brillantes que reflejan en su oro y su cristal los fuegos de cien mil antorchas, las jóvenes de Tesalia, envueltas en el vapor coloreado que se exhala de todos los perfumes, no ofrecen a la mirada más que una forma imprecisa y encantadora presta a desvanecerse. La nube maravillosa oscila alrededor de ellas o pasea sobre cada uno de sus encantadores corros todos los juegos inconstantes de su luz, los frescos tintes de la rosa, los animados reflejos de la aurora, el cegador destello de los fulgores del caprichoso ópalo. En algunas ocasiones hay como una lluvia de perlas que cae sobre sus túnicas ligeras, mientras que en otras son aderezos de fuego los que brotan de todos los nudos del hilo de oro que recoge sus cabellos. No os asustéis porque os parezcan más pálidas que las otras hijas de Grecia. Apenas pertenecen a la tierra y parece que acabaran de despertarse de una vida anterior. También están tristes, ya sea porque proceden de un mundo en el que dejaron el amor de un Espíritu o de un Dios, o porque en el corazón de una mujer que comienza a amar hay una inmensa necesidad de sufrimiento.

Sin embargo, escuchad. Son los cantos de las jóvenes de Tesalia, la música que se eleva, se eleva en el aire, estremeciendo, al pasar como una nube armoniosa, los vitrales solitarios de las ruinas tan caras a los poetas. ¡Escuchad! Acarician sus liras de marfil, interrogan a las sonoras cuerdas que, después de responder, vibran durante un momento, se detienen y, ya inmóviles, prolongan aún no sé que indefinida armonía que no tiene fin y que el alma comprende a través de todos sus sentidos: melodía pura como el pensamiento más dulce de un alma dichosa, como el primer beso de amor dado antes de que el amor se comprenda a sí mismo; como la mirada de una madre que acaricia la cuna del niño cuya muerte había soñado y que acaban de traerle, tranquilo y hermoso en su sueño. Así se desvanece, abandonado en los aires, extraviado en los ecos, suspendido en medio del silencio del lago o muriendo con la ola a los pies de la roca insensible, el último suspiro del sistro de una joven que llora porque no ha venido su amante. Y se miran, se inclinan, se consultan, cruzan sus brazos elegantes, confunden sus cabelleras flotantes, bailan para dar envidia a las ninfas y hacen brotar de cada uno de sus pasos un polvillo inflamado que vuela, que se emblanquece, que se extingue, que cae como ceniza plateada; y la armonía de sus cánticos continúa fluyendo como un río de miel, como el grácil arroyo que con sus dulces murmullos hermosea sus márgenes amados por el sol y repletos de secretos recodos, de bahías frescas y sombreadas, de mariposas y de flores. Las jóvenes cantan...

Solo una, quizá... grande, inmóvil, erguida, pensativa... ¡Dioses! Cuán sombría y afligida parece, comparada con sus compañeras, ¿y ¿qué quiere de mí? ¡Ah! ¡No espíes mis pensamientos, apariencia imperfecta de la bienamada que se fue, no turbes el dulce encanto de mis veladas con el espantoso reproche de tu mirada! ¡Déjame, pues he llorado por ti durante siete años, déjame olvidar los llantos que aún queman mis mejillas en las inocentes delicias de la danza de las sílfides y la música de las hadas! Ya ves que vienen, ya ves cómo se juntan sus grupos, como si fueran guirnaldas móviles, inconstantes, que se pelean, que se suceden, que se aproximan, que huyen, que suben como la ola llevada por la corriente, y bajan, como ella, exhibiendo sobre sus ondas fugitivas todos los colores de la banda que une el cielo y el mar al final de las tempestades, cuando se va a quebrar expirando el último punto de su círculo inmenso contra la proa del navío.

¿Y qué me importan a mí las calamidades del mar y las curiosas inquietudes del viajero, a mí, a quien un favor divino, que fue quizás en una vida anterior uno de los privilegios del hombre, libera cuando lo desea (delicioso beneficio del sueño) de todos los peligros que os amenazan? Si nada más cerrar los ojos, si nada más cesar la melodía que cautivaba mis sentidos, el creador de los prestigios de la noche revelase ante mí cualquier abismo profundo, golfo desconocido en el que expiran todas las formas, todos los sonidos y todas las luces de la tierra; si tendiese por encima de un torrente hirviente y ávido de muertos un puente somero, estrecho, resbaladizo, de recorrido poco prometedor; si me lanzase al extremo de una tabla elástica, vacilante, desde la que se divisan precipicios, terribles incluso a simple vista... entonces, sosegadamente, pisaría fuertemente en el suelo, acostumbrado como estoy a darle órdenes. Y cede, responde, yo parto y, contento de abandonar a los hombres, veo huir, a consecuencia de mi fácil avance, los cursos fluviales de los continentes, los sombríos desiertos del mar, la variada techumbre de las florestas que contrastan con el verde naciente de la primavera, el púrpura y oro del otoño, el bronce mate y el violeta apagado de las arrugadas hojas del invierno. Si algún pájaro aturdido hace que sus alas anhelantes murmuren en mis oídos, me elevo, subo más arriba y aspiro a mundos nuevos. El río no es más que un hilo que se borra entre un verdor sombrío, las montañas no son más que un punto vago cuya cumbre se disipa en la base, el océano, una mancha oscura en una indecible masa perdida en el aire, en donde gira más rápidamente que el huesillo de seis caras que los niños de Atenas hacen rodar sobre su eje mayor, a lo largo de las galerías de grandes baldosas que rodean el Cerámico.[6]

¿Habéis visto alguna vez a lo largo de los muros del Cerámico, cuando son alcanzados en los primeros días del año por los rayos del sol que regenera el mundo, una larga fila de hombres macilentos, inmóviles, de mejillas hundidas por la necesidad, de mirada apagada y estúpida: unos echados como animales; otros de pie, apoyados en los pilares, medio encogidos por el peso de su extenuado cuerpo? ¿Los habéis visto, con la boca

6 Barrio de la antigua Atenas en el cual vivían principalmente alfareros y tejedores. [E.]

entreabierta para aspirar una vez más las primeras influencias del aire vivificante, recoger con triste voluptuosidad las dulces impresiones del tibio calor de la primavera? El mismo espectáculo os habría extrañado en las murallas de Larisa, aunque haya desgraciados en todas partes: pero aquí la desgracia lleva la impronta de una fatalidad particular, que es más degradante que la miseria, más punzante que el hambre, más agobiante que la desesperación. Aquellos infortunados avanzan lentamente, uno tras otro, y marcan entre los pasos que dan largas estaciones, como figuras fantásticas dispuestas por un mecánico hábil sobre una rueda que indicara las divisiones del tiempo. Doce horas transcurren mientras el silencioso cortejo sigue el contorno de la plaza circular, aunque su longitud sea tan exigua que permita a un amante leer, de uno a otro extremo, sobre la mano más o menos extendida de su dueña, el número de horas nocturnas que deberán conducir a la tan deseada hora de su encuentro. Aquellos espectros vivientes no han conservado nada de humanidad. Su piel se asemeja a un pergamino blanco tendido sobre sus huesos. Las órbitas de sus ojos no se hallan animadas por ninguno de los destellos del alma. Sus labios pálidos se estremecen de inquietud y terror, o, más repugnantes si cabe, exhiben una sonrisa desdeñosa y desafiante, como el último pensamiento de un condenado resignado que acepta el suplicio. La mayor parte se halla agitada por convulsiones débiles, aunque continuas, y tiembla como la varilla de hierro de ese instrumento sonoro que los niños hacen chocar contra sus dientes. A los que más hay que compadecer, vencidos por el destino que les persigue, es a los condenados a espantar para siempre a los transeúntes debido de la repugnante deformidad de sus miembros nudosos y sus actitudes inflexibles. Sin embargo, este intervalo constante en su vida que se encuentra entre dos sueños y que supone para ellos la suspensión de los dolores es el más temido. Víctimas de la venganza de las brujas de Tesalia, vuelven a ser presa de tormentos que ninguna lengua podría expresar, desde que el sol, prosternado bajo el horizonte occidental, ha dejado de protegerles de las temibles soberanas de las tinieblas. Esta es la razón de que sigan su curso demasiado rápido, con la vista siempre fija en el espacio que surca, en la esperanza, siempre defraudada, de que olvide alguna vez su lecho de azur, acabando por quedar suspendido de las nubes de oro del poniente. Apenas llega la noche para sacarles de su error, extendiendo sus alas de crespón, sobre las que no queda siquiera una de las claridades lívidas que morían hace un instante en las copas de los árboles; apenas el último reflejo que chispeaba todavía sobre el metal bruñido del pináculo de un elevado edificio acaba de desvanecerse como un carbón aún ardiente en un brasero apagado que se va volviendo blanco, poco a poco, bajo la ceniza, y al poco tiempo ya no se distingue del fondo del hogar abandonado, un murmullo formidable se eleva entre ellos, sus dientes rechinan de rabia y desesperación, se apresuran y evitan, por miedo a encontrarse entre brujas y fantasmas. ¡Ya es de noche!... ¡Y el infierno vuelve a abrirse!

Entre ellos había uno cuyas articulaciones chirriaban como resortes fatigados y cuyo pecho exhalaba un sonido más ronco y más sordo que el del tornillo herrumbroso que gira con dificultad en su rosca. Pero algunos jirones de un rico bordado que todavía colgaban de su manto, una mirada llena de tristeza y de gracia que despejaba, de vez en cuando, la languidez de sus abatidos rasgos, y no podría decir qué inconcebible mezcla de embrutecimiento y altivez que recordaba la desesperación de una pantera doblegada por la desgarradora presa de su captor lo hacían reconocible entre la muchedumbre de sus miserables compañeros; y cuando pasaba delante de las mujeres, solo se escuchaba un suspiro. Sus cabellos rubios caían en descuidados bucles sobre sus hombros, que se levantaban, blancos y puros como un racimo de flores de lis, por encima de su túnica púrpura. Sin embargo, su cuello llevaba la impronta de la sangre, la cicatriz triangular de la punta de una lanza, la marca de la herida que me arrebató a Polemón en el sitio de Corinto, cuando aquel fiel amigo se precipitó sobre mi corazón, adelantándose a la desenfrenada rabia del soldado, victorioso e impaciente por entregar al campo de batalla otro cadáver más. Aquel no era otro que Polemón, a quien había llorado durante tan largo tiempo, que siempre regresa a mis sueños para recordarme, con un frío beso, que deberemos encontrarnos en la inmortal vida de la muerte. Aquel era Polemón, aún vivo, aunque mantenido en una existencia tan horrible que las larvas y espectros del infierno se consuelan entre sí mediante el relato de sus dolores; Polemón, caído bajo el imperio de las brujas de Tesalia y de los demonios que componen su cortejo en las solemnidades, las inexplicables solemnidades de sus fiestas nocturnas. Se detuvo, intentó, durante largo tiempo, con atónita mirada, asociar mis rasgos a un recuerdo, se acercó hasta mí, con paso inquieto y mesurado, tocó mis manos con una mano palpitante, temerosa de cogerlas, y después de haberme cubierto con un abrazo súbito que me hizo sentir espanto, después de haber lanzado sobre mis ojos el rayo pálido que caía de sus velados ojos como el último efluvio de una antorcha que se viera alejarse a través de la trampilla de un calabozo:

—¡Lucio! ¡Lucio! —exclamó, con una risa espantosa.

—¡Polemón, querido Polemón, amigo y salvador de Lucio...!

—En otro mundo —añadió, bajando la voz—; ya me acuerdo... era en otro mundo, en una vida que no pertenecía al sueño y sus espectros...

—¿Qué dices de espectros...?

—¡Mira! —respondió, alzando el dedo hacia el crepúsculo—. Ahí vienen.

—¡Oh, no te rindas, joven infortunado, a las inquietudes de las tinieblas! Cuando las sombras de las montañas descienden, aumentando su tamaño, y extienden por doquier el vértice y las caras de sus gigantescas pirámides, acabando por abrazarse en silencio sobre la tierra oscura; cuando las imágenes fantásticas de las nubes se extienden, se confunden y se recogen juntas bajo el protector velo de la noche, como los desposados en secreto; cuando los pájaros fúnebres comienzan a graznar tras los bosques, mientras que los reptiles cantan con voz cascada sus sentencias monótonas a orillas de los pantanos..., entonces, Polemón, no entregues tu imaginación atormentada a las ilusiones de las sombras y de la soledad. Huye de los senderos ocultos en los que se dan cita los espectros para componer negros conjuros que turban el descanso de los hombres; la vecindad de los cementerios, en donde se reúne el misterioso consejo de los muertos, cuando acaban de aparecer, envueltos en su sudario, ante el aerópago que celebra sus sesiones en el sepulcro; huye de la pradera al aire libre en donde la hierba hollada hasta formar un círculo ennegrece, estéril y reseca, bajo el cadencioso paso de las brujas. ¿Quieres creerme, Polemón? Cuando la luz, espantada por el avance de los malos espíritus, se retira palideciendo, ven conmigo a reanimar sus prestigios entre festejos de opulencia y orgías llenas de voluptuosidad. ¿Acaso se negó el oro a mis deseos? ¿Las más preciadas minas poseen alguna veta oculta que me rehúse sus tesoros? Incluso la arena de los riachuelos se transforma en mi mano en exquisitas piedras que podrían adornar la corona de un rey. ¿Quieres creerme, Polemón? Es en vano que el día se extinga, mientras que los fuegos que sus rayos alumbraron para uso del hombre sigan destellando en la iluminación de los festines o en las más discretas claridades que embellecen las deliciosas veladas del amor. Los Demonios, tú lo sabes, temen los olorosos vapores de la cera y del bálsamo que brillan dulcemente en el alabastro, vertiendo tinieblas rosas a través del doble brocado de nuestros suntuosos tapices. Tiemblan ante el aspecto de los mármoles pulimentados, iluminados por lustres de cristales móviles, que lanzan a alrededor de sí alargados rayos diamantinos, como una cascada alcanzada por la última mirada de adiós del sol horizontal. Jamás una sombría lamia o una descarnada mantis se atrevieron a mostrar la horrible fealdad de sus rasgos en los banquetes de Tesalia. Incluso la misma luna que invocan llega frecuentemente a espantarlas, cuando deja caer sobre ellas uno de esos esporádicos rayos que confieren a los objetos que acarician la apagada blancura del estaño. Entonces escapan más rápidas que la culebra advertida por el ruido del grano de arena desplazado por el pie del viajero. No temas que vayan a sorprenderte entre los fuegos que destellan en mi palacio y que se irradian por doquier gracias al deslumbrante acero de los espejos. Antes bien, fíjate, Polemón, con qué agilidad se han alejado de nosotros desde que avanzamos entre las antorchas de mis servidores por estas galerías adornadas con estatuas, inimitables obras maestras del genio de Grecia. ¿Acaso alguna de estas imágenes te ha revelado mediante algún movimiento hostil la presencia de los espíritus fantásticos que a veces llegan a animarlas, cuando el último resplandor que se desprende de la última antorcha sube, perdiéndose en el aire? La inmovilidad de sus formas, la pureza de sus rasgos, la calma de sus actitudes que nunca cambiarán darían confianza hasta al propio espanto. Si algún ruido extraño ha llegado hasta tus oídos, ¡oh, querido hermano de mi corazón!, será el de la ninfa atenta que extiende sobre tus miembros, cansados por la fatiga, los tesoros de su urna de cristal, mezclando con perfumes hasta ahora desconocidos en Larisa, un ámbar líquido que he recogido de las costas de los mares que bañan la cuna del sol; el jugo de una flor, mil veces más suave que la rosa, que solo crece en las espesas sombras de los árboles de la bruna Corcira;[7] las lágrimas de un arbusto apreciado

7 Creo que no hay dudas de que no se trata de la antigua Corcira, sino de la isla de *Curzola*, que los griegos llamaban «la bruna Corcira», a causa del aspecto que le daban desde lejos los grandes bosques con que estaba cubierta. (Nota del traductor.)
La «antigua Corcira» es Corfú. Curzola es el nombre italiano de Korcula, isla de Croacia. La nota del «traductor» refiere a la ficción desarrollada por Nodier (véase el «Prefacio I» a *Los demonios de la noche* en Documentos) [E.]

por Apolo y su hijo, que extiende sobre las rocas del Epidauro sus ramilletes formados por címbalos de púrpura, que tiemblan por el peso del rocío. ¿Y cómo podrían turbar los encantamientos de las hechiceras la pureza de las aguas que acunan a tu alrededor sus ondas de plata? Mirté, la bella Mirté de cabellos rubios, la más joven y querida de mis esclavas, la que viste inclinarse a tu paso, pues ama todo lo que yo amo..., posee encantamientos que solo ella, y un espíritu que se los confía en los misterios del sueño, conocen; ahora vaga como una sombra alrededor del recinto de los baños, donde se eleva, poco a poco, la superficie de la saludable onda; y corre cantando aires que expulsan a los demonios, pulsando de vez en cuando las cuerdas de un arpa errante que los genios obedientes nunca dejan de ofrecerle antes de que sus deseos hayan tenido tiempo de hacerse conscientes pasando desde el alma a sus ojos. Ella marcha, corre, y el arpa marcha, corre y canta bajo su mano. Escucha el sonido del arpa que resuena, la voz del arpa de Mirté: es un sonido pleno, grave, solemne, que hace olvidar las ideas terrenales, que se prolonga, que se mantiene, que llena el alma como un pensamiento serio; y además vuela, huye, se desvanece, regresa; y los sones del arpa de Mirté (¡arrebatador encantamiento de las noches!), los sones del arpa de Mirté que vuelan, que huyen, que se desvanecen, que de nuevo regresan… ¡Cómo canta ella, cómo vuelan los sones del arpa de Mirté, los sones que expulsan al demonio...! ¡Atiende, Polemón! ¿Los oyes?

»¿Qué habría sido de mí, que he sufrido verdaderamente todas las ilusiones de los sueños, sin el auxilio del arpa de Mirté, sin el auxilio de su voz, tan dispuesta a turbar el reposo doloroso y gimiente de mis noches?… ¡Cuántas veces me he inclinado en mi sueño sobre la onda límpida y durmiente, la onda demasiado fiel para reproducir mis rasgos alterados, mis cabellos erizados por el terror, mi mirada fija y tétrica, como la de la desesperación, que ya no llora!… ¡Cuántas veces me he estremecido viendo la huella de lívida sangre alrededor de mis pálidos labios; sintiendo mis vacilantes dientes removidos de sus alvéolos, mis uñas, separadas de sus raíces, quebrantarse y caer! ¡Cuántas veces, asustado de mi desnudez, de mi vergonzosa desnudez, me he entregado inquieto a la ironía de la muchedumbre con una túnica más corta, más ligera, más transparente que la que cubre a la cortesana en el umbral del infame lecho de la perversión! ¡Oh! ¡Cuántas veces he tenido sueños más terribles, sueños que ni siquiera el propio Polemón conoce!... ¿Qué habría sido de mí entonces, qué habría sido de mí sin la ayuda del arpa de Mirté, sin la ayuda de su voz y de la armonía que enseña a sus hermanas, cuando la rodean obedientes, para lanzar encantamientos sobre los terrores del desgraciado que duerme, para que suenen en sus oídos cánticos venidos de lejos, como la brisa que hincha tenuemente las velas, cánticos que se entrelazan, que se confunden, que adormecen los sueños atormentados del corazón y que hechizan su silencio en una larga melodía?

»Ya están aquí las hermanas de Mirté que han preparado el festín. Una de ellas es Teis, que destaca de las demás hijas de Tesalia, aunque la mayor parte de las hijas de Tesalia tengan cabellos negros que caen sobre hombros mucho más blancos que el alabastro; pero no hay ninguna que tenga sus cabellos dispuestos en bucles suaves y voluptuosos como los cabellos negros de Teis. Ella es quien inclina sobre la copa ardiente, en la cual palidece un vino hirviente, el vaso de preciada arcilla, dejando caer de él, gota a gota, en topacios líquidos, la más exquisita miel que jamás haya sido recogida de los pequeños olmos de Sicilia. La abeja, privada de su tesoro, vuela inquieta entre las flores; se cuelga de las ramas solitarias del árbol abandonado, demandando a los céfiros su miel. Murmura de dolor, porque sus pequeños ya no tendrán asilo en ninguno de los mil palacios de cinco murallas que les construyera con cera ligera y transparente, y ya no gustarán de la miel que para ellos había recolectado de las perfumadas zarzas del monte Hibla. Es Teis quien disuelve en vino hirviente la miel sustraída a las abejas de Sicilia; y las otras hermanas de Teis, las que tienen cabellos negros, pues la única rubia es Mirté, corren sumisas, diligentes, afectuosas, con obedientes sonrisas, alrededor de los aderezos del banquete. Disponen flores de granada u hojas de rosas sobre la leche espumosa; o bien atizan los hornillos de ámbar e incienso que arden bajo la copa ardiente en la que palidece un vino que hierve, cuyas llamas se curvan de lejos alrededor del reborde circular, que se inclinan, se acercan, le rozan, que acarician sus labios de oro y acaban por confundirse con las llamas de lenguas blancas y azules que vuelan sobre el vino. Las llamas suben, bajan, perdiéndose como ese demonio fantástico de los lugares solitarios que gusta de mirarse en las fuentes. ¿Quién podría decir cuántas veces ha circulado la copa alrededor de la mesa del festín, cuántas veces, vacía, ha visto su borde inundado de nuevo néctar? No escatiméis, jóvenes, el vino ni el hidromiel. El sol no deja de madurar los nuevos racimos ni de verter los rayos de su inmortal esplendor en el reluciente racimo que pende de los ricos festones de nuestras viñas, a través de las hojas oscurecidas del pámpano cuajado de guirnaldas que corre entre las moreras del Tempe. ¡Otra libación más para expulsar a los demonios de la noche! En cuanto a mí, yo no veo aquí más que los alegres espíritus de la embriaguez que se escapan chispeando de la agitada espuma, persiguiéndose en el aire como cocuyos o yendo a deslumbrar con sus alas resplandecientes mis párpados caldeados, semejantes a aquellos ágiles insectos a los que la naturaleza adornase con inocentes fuegos, y que, frecuentemente, en el silencioso frescor de una corta noche de verano, se ven brotar, formando enjambre, de una mata de verdor, como una gavilla de chispas bajo los redoblados golpes del herrero. Flotan, arrastrados por una ligera brisa que pasa o atraídos por algún dulce perfume del que se nutren en el cáliz de las rosas. La nube luminosa se pasea, se acuna inconstante, reposa o por un instante gira sobre sí misma y cae sin perder su forma sobre la copa de un joven pino, al que ilumina como una pirámide reservada a los festejos públicos, o va a parar a la rama inferior de una gran encina a la que confiere el aspecto de un candelabro preparada para las veladas del bosque. Mira cómo juegan alrededor de ti, cómo se estremecen en las flores, cómo se irradian en reflejos de fuego sobre las pulidas copas; de ninguna manera pueden ser demonios hostiles. Bailan, se divierten, presentan el abandono y los accesos de la locura. Y si en alguna ocasión se dedican a turbar el reposo de los hombres, solo es por satisfacer, como niños atolondrados, sus traviesos caprichos. Y se ovillan, maliciosos, en el confuso lino que discurre por el huso de una vieja pastora, cruzando, embrollando los hilos dispersos y, como resultado de su inútil destreza, multiplicando el número de incómodos nudos. Cuando un viajero que ha perdido su camino busca con ávida mirada a través de todo el horizonte de la noche algún punto luminoso que pueda suponerle cobijo, ellos le hacen ir, durante largo rato, de sendero en sendero, siguiendo un resplandor infiel, el sonido de una voz engañosa o el lejano ladrido de un perro guardián que merodea como un centinela alrededor de la alquería solitaria; así engañan la esperanza del pobre viajero, hasta el instante en que, movidos a la piedad a causa de su fatiga, de repente le ofrecen un albergue en el que nadie había reparado hasta entonces en aquel desierto; incluso en ocasiones le extrañará encontrar a su llegada un acogedor hogar, cuya sola presencia inspira la cordialidad, platos raros y delicados que el azar ha procurado a la choza del pescador o del cazador furtivo, y una joven, bella como las Gracias, que le sirve temerosa de levantar la mirada: pues le ha parecido que era peligroso mirar al extranjero. A la mañana siguiente, extrañado de que un descanso tan breve le haya devuelto la integridad de sus fuerzas, se levanta feliz con el canto de la alondra que saluda a un cielo puro; y se entera de que el error favorable ha acortado su trayecto en veinte estadios y medio, y su caballo, relinchando de impaciencia, los ollares abiertos, el pelo lustrado, las crines lisas y brillantes, golpetea la tierra delante de él con la triple señal de la partida. El duendecillo deja la grupa y salta a la cabeza del caballo del viajero, pasa sus sutiles dedos por las amplias crines, recorriéndolas, levantando ondas; mira, se felicita por lo que ha hecho, y se marcha contento para ir a divertirse con el despecho de un hombre dormido que se consume de sed y que ve alejarse, disminuir, secarse ante sus labios ya dispuestos una refrescante bebida; que sondea inútilmente la copa con la mirada; que aspira inútilmente el licor ausente; después se despierta y encuentra el receptáculo lleno de un vino de Siracusa que nunca había bebido y que el trasgo ha exprimido de uvas escogidas, mientras se divertía con las inquietudes de su sueño. Aquí puedes beber, hablar o dormir sin susto, pues los trasgos son nuestros amigos. Satisface solo la curiosidad impaciente de Teis y de Mirté, la curiosidad más interesada de Telaria, que no ha separado de ti sus largas pestañas brillantes, sus grandes ojos negros que se mueven como astros favorables sobre un cielo bañado del más afectuoso azur. Cuéntanos, Polemón, los extravagantes dolores que has creído sentir bajo el dominio de las brujas; pues los tormentos con los que persiguen nuestra imaginación no son más que la vana ilusión de un sueño que se desvanece con el primer rayo de la aurora. Teis, Telaria y Mirté están atentas... escuchan... Y bien, habla... cuéntanos tus desesperaciones, tus temores y los locos errores de la noche; y tú, Teis, sirve vino; y tú, Telaria, sonríe ante su relato, para que se consuele su alma; y tú, Mirté, si le ves, sorprendido por el recuerdo de sus extravíos, ceder a una ilusión nueva, canta y pulsa las cuerdas del arpa mágica... Y solicítale sonidos de consuelo, sonidos que expulsen a los malos espíritus... Pues de tal suerte se libera a las horas austeras de la noche del imperio tumultuoso de los sueños, escapando, de placer en placer, a los siniestros encantamientos que inundan la tierra durante la ausencia del sol.»

El episodio[8]

Hanc ego de caelo ducentem sidera vidi;
Fluminis haec rapidi carmine vertit iter.
Haec cantu finditque solum, manesque sepulchris
Elicit, et tepido devorat ossa rogo.
Quum libet, haec tristi depellit nubila caelo;
Qumm libet, aestivo convocat orbe nives.[9]

TIBULO

Ten seguridad de que esta noche experimentarás calambres y dolores de costado que te cortarán la

8 En la tragedia griega, el episodio designa la parte de diálogo que separa dos coros, aunque aquí se lo utiliza en un sentido más moderno. [E.]

9 *He visto a esta mujer atraer los astros del cielo; ella cambia con sus encantamientos el curso de una rápida corriente; su voz hace aparecer el sol, salir a los manes de sus tumbas, devorar las osamentas en la tibia hoguera [...] Cuando lo desea, disipa las nubes que entristecen el cielo; cuando lo desea, hace caer la nieve en pleno verano* (Elegía II del Libro I).

> respiración. [Los demonios],[10] mientras perdure el momento de noche profunda en el que les está permitido actuar, ejercitarán sobre ti su cruel malicia. Serás cribado de picaduras tan numerosas como las celdillas de un panal, y cada una de ellas será tan candente como el aguijón de la abeja que lo construye.
>
> Shakespeare

—¿Acaso alguna de vosotras, ¡oh, jóvenes!, no conoce los dulces caprichos de las mujeres? —dijo Polemón con regocijo—. Sin duda habéis amado y sabéis cómo, a veces, el corazón de una viuda pensativa, que deja vagar sus recuerdos solitarios por las umbrías márgenes del Peneo, se deja sorprender por el rostro atezado de un soldado cuyos ojos refulgen con el fuego de la guerra y cuyo pecho brilla con el esplendor de una generosa cicatriz. Camina ufano y cariñoso entre las bellas, como un león domesticado que intentara olvidar entre los placeres de una dichosa y cómoda servidumbre la nostalgia de sus desiertos. Este es el motivo por el cual

10 En el original inglés: *urchins* = erizos. [T.]

place al soldado ocuparse del corazón de las mujeres, cuando no es requerido por el clarín de la batalla y cuando los azares del combate no reclaman más su ambición impaciente. Sonríe ante la mirada a las jóvenes y parece que les dice: ¡Amadme!

»También sabéis, puesto que sois de Tesalia, que ninguna mujer igualó jamás en belleza a la noble Méroe, quien, después de su viudez, viste largos ropajes blancos bordados de plata; ya sabéis que Méroe es la mujer más bella de Tesalia. Es tan majestuosa como las diosas y, a pesar de ello, hay en sus ojos algo así como llamas mortales que enardecen las pretensiones del amor… ¡Oh! ¡Cuántas veces me he sumido en el aire que arrastra, en el polvo que sus pies hacen volar, en la sombra afortunada que la sigue!… ¡Cuántas veces me he colocado ante su paso para robar un rayo a su mirada, un hálito a su boca, un átomo al torbellino que halaga, que acaricia sus movimientos; cuántas veces (Telaria, ¿me lo perdonarás?) ansié la voluptuosidad ardiente de sentir estremecerse contra mi túnica uno de los pliegues de su toga o de poder recoger con mis ávidos labios una de las lentejuelas de sus bordados en los paseos de los jardines de Larisa! Cuando ella pasaba, fíjate, todas las nubes se teñían de rojo como ante la proximidad de una tormenta; los oídos me zumbaban, las pupilas se oscurecían en su órbita extraviada y poco le faltaba al corazón para anonadarse presa de una intolerable alegría. ¡Allí está! Saludaba a las sombras que habían flotado sobre ella, inhalaba el aire que la había tocado; decía a todos los árboles de la ribera: «¿Habéis visto a Méroe?». Si se había tendido sobre un jardín, con qué ávido amor recogía las flores que habían sido magulladas por su cuerpo, los blancos pétalos embebidos en carmín que adornan la inclinada frente de la anémona, las flechas deslumbrantes que brotan del disco de oro de la margarita, el velo de casta gasa que cubre a la joven lis antes de que haya sonreído al sol; y si me atrevía a estrechar con un abrazo sacrílego aquel lecho de fresco verdor, ella me consumía con un fuego más sutil que aquel con el que la muerte ha tejido los nocturnos atavíos de un febril. Méroe no podía dejar de notar mi presencia. Yo estaba en todas partes. Un día, a la caída del crepúsculo, encontré su mirada: me sonreía; me había adelantado, su paso se hacía más lento. Yo estaba solo detrás de ella y vi cómo se desviaba del camino. El aire estaba en calma, no alborotaba sus cabellos, y su mano levantada se acercaba a ellos, como para acabar con su desorden. La seguí, Lucio, hasta el palacio, hasta el templo de la princesa de Tesalia, y la noche cayó sobre nosotros, noche de delicias y terror... ¡Ojalá hubiera sido la última de mi vida, y así hubiera acabado antes!

»Ignoro si en alguna ocasión has soportado con resignación, teñida de impaciencia y de ternura, el peso del cuerpo de una amante dormida que se abandona al reposo sobre tu brazo distendido sin imaginar que te hace daño; si has intentado luchar contra el escalofrío que va ganando poco a poco tu sangre, contra el aturdimiento que encadena tus sumisos músculos; si has intentado oponerte al triunfo de la muerte que amenaza con llegar hasta tu alma.[11] Pues de esa misma manera, Lucio, un estremecimiento doloroso recorría rápidamente mis nervios, sacudiéndolos con temblores inesperados, como la aguda uña del plectro que en manos de un músico inexperto produce disonancias en todas las cuerdas de la lira. Mi carne era atormentada como una membrana seca que se acerca al fuego. Y cuando mi pecho estaba a punto de quebrarse, de hacer estallar las ligaduras de hierro que lo atenazaban,

---

11 En *La tempestad*, de Shakespeare, tipo inimitable de ese género de composición, el *hombre-monstruo* que devora a los espíritus malignos se queja también de los calambres insoportables que preceden a sus sueños. Es curioso que esta inducción fisiológica, de una de las más crueles enfermedades que ha atormentado a la especie humana, no haya sido recogida más que por los poetas.

Méroe, apoyada sobre mis costillas, detuvo sobre mis ojos una mirada profunda, extendió su mano sobre mi corazón para asegurarse de que su movimiento se había detenido, dejándola allí, pesada y fría, y huyó lejos de mí con toda la velocidad de la flecha que es lanzada, temblorosa, por la cuerda de la ballesta. Corría sobre los mármoles del palacio, repitiendo los aires de las viejas pastoras de Siracusa, que encantan a la luna entre nubes de nácar y plata, girando en las profundidades de la sala inmensa y gritando de vez en cuando, con los transportes de una alegría horrible, para llamar a unos amigos cuyos nombres no me eran conocidos.

»Mientras miraba lleno de terror y veía descender a lo largo de las murallas, apresurándose bajo los pórticos, balanceándose bajo las bóvedas, una multitud innumerable de vapores, distintos entre sí, pero que de vida no tenían más que la apariencia de formas, una voz débil como el sonido del más sosegado estanque en una noche silenciosa, un color indeciso, capturado de los objetos ante los que flotaban sus figuras transparentes... una llama azulina y chisporroteante salió al unísono de todos los trípodes, mientras que la formidable Méroe volaba entre ellos murmurando palabras confusas:

»—¡Aquí, verbena en flor...; allí, tres pizcas de salvia recogida a medianoche en el cementerio que acoge a los que han muerto por la espada...; aquí, el velo de la bienamada bajo el cual el bienamado ocultó su palidez y desolación después de estrangular al esposo dormido, para gozar de sus amores...; también aquí las lágrimas de una tigresa vencida por el hambre, que no encuentra consuelo por haber devorado a uno de sus pequeños!

»Y sus rasgos trastornados expresaban tanto sufrimiento y horror que casi sentí piedad de ella. Inquieta al ver sus conjuros detenidos por algún obstáculo imprevisto, saltó de rabia, se alejó, regresó armada con dos largas varillas de marfil, atadas en uno de sus extremos por un cordón formado por trece crines arrancadas del cuello de una yegua blanca por el ladrón que también había matado a su dueño, y sobre esta cuerda flexible hizo volar al *rhombus*[12] de ébano, de vacías y sonoras esferas, que zumbó y aulló en el aire, y regresó girando con un gruñido sordo, para después aminorar su velocidad y caer. Las llamas de los trípodes se elevaban como lenguas de culebra y las sombras estaban contentas.

12 Véase la nota 39 pág. 179 sobre el *rhombus,* en Documentos.

»—Venid, venid —gritaba Méroe—, hay que hacer que los demonios de la noche se apacigüen y los muertos se regocijen. Traedme verbena en flor, salvia recogida a medianoche y un trébol de cuatro hojas; entregad los hermosos racimos que hagáis a Saga[13] y a los demonios de la noche.

»Después, volviendo sus ojos hacia el áspid de oro cuyas circunvoluciones se enroscaban alrededor de su brazo desnudo; ese precioso brazalete, obra del artista más hábil de Tesalia, que no había escatimado en él los metales que eligió ni la perfección del trabajo —la plata había sido incrustada en delicadas escamas, y no había una sola de ellas que no estuviera realzada por el destello de un rubí o por la transparencia, tan dulce a la mirada, de un zafiro más azul que el cielo—; se lo quita, medita, sueña, llama a la serpiente murmurando palabras secretas; y la serpiente, animada, se desenrosca y huye con un silbido de alegría, como un esclavo liberado. Y el *rhombus* sigue girando, sigue girando y zumbando, gira como el rayo alejado que se queja entre las nubes llevadas por el viento y que se extingue,

13 Nodier convierte en un nombre propio a la palabra latina que significa «hechicera». [E.]

gimiendo, cuando ha acabado la tormenta. Sin embargo, todas las bóvedas se abren, todos los espacios del cielo se despliegan, todos los astros descienden, todas las nubes se aplanan y bañan el umbral como si fueran explanadas de tinieblas. La luna, manchada de sangre, se parece al escudo de hierro sobre el que acaban de traer el cuerpo de un joven espartano muerto por el enemigo. Gira y me apesadumbra con su disco lívido, oscurecido aún más por el humo de los trípodes apagados. Méroe sigue corriendo, golpeando con sus dedos, de los que brotan grandes relámpagos, las innumerables columnas del palacio, y cada columna que se divide ante el toque de Méroe descubre una columnata inmensa poblada de fantasmas, y cada uno de estos fantasmas golpea, al igual que ella, una columna, que abre nuevas columnatas, y ni siquiera hay una sola columna que no sea el testimonio del sacrificio de un recién nacido arrancado de las caricias de su madre.

»—¡Piedad! ¡Piedad —exclamé— para la infortunada madre que reclama su hijo a la muerte!

»Pero esta ahogada súplica solo llegaba a mis labios con la fuerza del aliento del agonizante que dice: «¡Adiós!», expirando como sonidos inarticulados en mi boca balbuceante. Moría como el grito de un hombre que se ahoga y que intenta en vano confiar a las mudas aguas la última llamada de la desesperación. El agua insensible sofoca su voz; la domina, triste y fría; devora su queja; jamás la hará llegar a la orilla.

»Mientras me debatía contra el terror que se había apoderado de mí e intentaba arrancar de mi pecho alguna maldición capaz de suscitar en el cielo la venganza de los dioses, Méroe exclamó:

»—¡Miserable! ¡Serás castigado para siempre por tu insolente curiosidad!... ¡Ah, osas violar los encantamientos del sueño!... ¡Hablas, gritas y ves!... ¡Pues bien!, solo hablarás para lamentarte, solo gritarás para implorar, en vano la sorda piedad de los ausentes, solo verás escenas de horror que helarán tu alma...

»Y expresándose de esa suerte, con una voz más aguda y desgarradora que la de una hiena herida de muerte que aún desafía a sus cazadores, despojaba su dedo de la iridiscente turquesa que refulgía de llamas, cambiantes como los colores del arco iris, o como la ola que salta cuando sube la marea, reflejando, mientras se recoge sobre sí misma los fuegos del sol naciente. Presiona con un dedo un resorte desconocido que, alrededor de una invisible charnela, levanta la piedra maravillosa, dejando al descubierto en un estuche de oro un indecible monstruo sin color ni forma, que brinca, aúlla, da un salto y cae en cuclillas sobre el seno de la hechicera.

»—Hete aquí —dijo—, mi fiel Smarra, el bienamado, el único predilecto de mis pensamientos amorosos, a quien el odio del Cielo ha elegido de entre todos sus tesoros para desesperación de los hijos del hombre. Ve, te lo ordeno, espectro adulador, decepcionante o terrible, ve a atormentar a la víctima que te he entregado; tortúrala con suplicios tan variados como los espantos del infierno que te ha concebido, tan crueles, tan implacables como mi cólera. Ve a saciarte con las angustias de su corazón palpitante, a contar los convulsivos latidos de su pulso que se apresura, que se detiene... a contemplar su dolorosa agonía y a detenerla para más tarde recomenzar de nuevo... A ese precio, fiel esclavo del amor, podrás, al final de los sueños, volver a descansar sobre la aromada almohada de tu amante y estrechar en tus acariciantes brazos a la reina de los terrores nocturnos...

»Así dice, y el monstruo salta de su mano ardiente, como el redondo tejo del discóbolo, da vueltas en el aire con la rapidez de los fuegos artificiales que se lanzan desde los navíos, extiende sus alas extrañamente festoneadas, sube, baja, se agranda, se achica, y, enano deforme y gozoso, cuyas manos están armadas de uñas de un metal más fino que el acero, que penetran en la carne sin desgarrarla y beben la sangre a la manera de la bomba insidiosa de las sanguijuelas, se fija encima de mi corazón, se despereza, levanta su cabeza enorme y ríe. Mas en vano mi mirada, inmóvil por el espanto, busca en el espacio que puede abarcar un objeto que le dé confianza; los mil demonios de la noche escoltan al horroroso demonio de la turquesa: mujeres raquíticas de mirada ebria; serpientes rojas y violetas que lanzan fuego por la boca; lagartos que elevan por encima de un lago de fango y sangre un rostro parecido al del hombre; cabezas recientemente separadas del tronco por el hacha del soldado, que, no obstante, me miran con ojos llenos de vida y huyen brincando sobre patas de reptil...

»Desde esa noche funesta, oh, Lucio, se acabaron para mí las noches tranquilas. El lecho perfumado de las jóvenes que solo se ofrece a los sueños voluptuosos, la tienda infiel del viajero que se levanta cada tarde al amparo de nuevas sombras; incluso el santuario de los templos es asilo ineficaz contra los demonios de la noche. Apenas mis párpados, fatigados de luchar contra el tan temido sueño, se cierran de cansancio, se presentan todos los monstruos, como en el momento en que les vi abandonar con Smarra la sortija mágica de Méroe. Corren en círculo alrededor de mí, me aturden con sus gritos, me espantan con sus diversiones y mancillan mis labios temblorosos con sus caricias de arpía. Méroe les dirige y vuela por encima de ellos, sacudiendo su larga cabellera, de la que se escapan relámpagos de un lívido color azul. Ayer mismo... era mucho más grande que antes... tenía las mismas formas, los mismos rasgos, pero detrás de su apariencia seductora discernía, con espanto, como a través de una gasa sutil y ligera, la tez plomiza de la hechicera y el color sulfúreo de sus miembros: sus ojos fijos y huecos estaban inyectados en sangre, lágrimas de sangre surcaban sus salientes mejillas, y su mano, que se movía en el aire, también dejaba impresa en el espacio mismo la marca de una mano de sangre...

»—Ven —me dijo, haciéndome una señal con uno de sus dedos, que habría causado mi muerte si hubiese llegado a tocarme—, ven a conocer el imperio que otorgo a mi esposo, pues quiero que conozcas todos los dominios del terror y la desesperación...

»Y mientras así hablaba, volaba delante de mí, con los pies ligeramente por encima del suelo, acercándose o separándose consecutivamente de la tierra, como la llama que oscila en la antorcha a punto de apagarse. ¡Oh, cuán terrible era, en todos los sentidos, el aspecto del camino que devorábamos al correr! ¡Cuán impaciente parecía la propia hechicera por encontrar su final! ¡Imagínate la cueva fúnebre en donde deben amontonar los despojos de todas las inocentes víctimas de sus sacrificios, y, entre los más imperfectos de esos mutilados restos, ni un jirón que no haya conservado voz, gemidos o llantos!... Imagínate murallas móviles, móviles y animadas, que van cerrándose ante ti y que, poco a poco, rodean a todos tus miembros con los muros de una prisión estrecha y helada... Tu seno oprimido que se eleva, que se estremece, que se dispone a aspirar el aire de la vida a través del polvo de las ruinas, del humo de las antorchas, de la humedad de las catacumbas, del soplo envenenado de los muertos... y a todos los demonios de la noche que gritan, que silban, aúllan o rugen a tu espantado oído: «¡No respirarás más!».

»Y, mientras caminaba, un insecto mil veces más pequeño que el que ataca con impotente diente el delicado tejido de las hojas de la rosa; un átomo desgraciado que tarda mil años en dejar constancia de uno de sus pasos sobre la esfera universal de los cielos de materia mil veces más dura que el diamante... y caminaba, seguía caminando, y el obstinado rastro de sus perezosos pies había dividido este globo imperecedero justo hasta su eje.

»Después de haber recorrido así, tan rápido era nuestro empuje, una distancia para la que no existen términos de comparación en ninguno de los idiomas creados por el hombre, vi brotar de la boca de un tragaluz, tan próximo como la más lejana de las estrellas, los seguros indicios de una blanca claridad. Llena de esperanza, Méroe se precipitó, y yo la seguí, embargado por una fuerza invencible; pues, además, el camino de regreso, desdibujado como la nada, infinito como la eternidad, acababa de cerrarse tras de mí de una forma impenetrable al coraje y la paciencia del hombre. Entre Larisa y nosotros se encontraban los residuos de los innumerables mundos que han precedido a este en todos los ensayos de la creación, desde el comienzo de los tiempos, y cuyo gran número le sobrepasa tanto en inmensidad como él mismo excede en extensión prodigiosa al nido invisible del mosquito. La puerta sepulcral que fue a nuestro encuentro, o más bien, que nos aspiró al salir de aquel abismo, conducía a un campo sin horizonte que jamás había producido cosa alguna.

Apenas se distinguía en un alejado rincón del cielo el indeciso contorno de un astro inmóvil y oscuro, más inmóvil que el aire, más oscuro que las tinieblas que reinan en aquel lugar de desolación. Se trataba del cadáver del más antiguo de los soles, tendido sobre el fondo tenebroso del firmamento, como un barco sumergido en un lago que ha crecido por la fusión de la nieve. El pálido resplandor que acababa de darme en los ojos no provenía de él. Daba la impresión de no tener ningún origen, pues parecía que solo era uno de los colores particulares de la noche, a no ser que procediese del incendio de algún mundo alejado, cuyas cenizas aún ardían. En aquel momento, ¿me crees?, llegaron todas las brujas de Tesalia, escoltadas por esos enanos de la tierra que trabajan en las minas, que tienen un rostro como el cobre y cabellos azules como la plata en el horno; salamandras de largas extremidades, con la cola aplastada como un remo, de colores nunca vistos, que salen, vivas y ágiles, del medio de las llamas, lo mismo que los lagartos negros al resistir una lluvia de fuego, que llegaron acompañadas de las Aspiolas, cuyo cuerpo es tan endeble, tan esbelto, rematado por una cabeza deforme, aunque risueña, y que se balancean sobre la osamenta de sus piernas huecas y delgadas, semejantes a una caña estéril agitada por el viento; de las Ácronas, que carecen por completo de miembros, de voz, de rostro, de edad, y que brincan llorando sobre la tierra quejumbrosa como odres hinchados de aire; de las Psilas, que absorben el veneno cruel, y que, ávidas de ponzoña, bailan en círculos lanzando agudos silbidos para despertar a las serpientes, para despertarlas en su oculta guarida, en la sinuosa oquedad de las serpientes.[14] Había hasta Morfosias, a las que tanto habéis amado, bellas como Psique, que juegan como las Gracias, que dan conciertos como las Musas, y cuya mirada seductora, más penetrante, más envenenada que el diente de la víbora, consigue incendiar vuestra sangre y hacer hervir la médula en vuestros huesos calcinados. Si las hubieras visto, envueltas en sus capas de púrpura, exhalar a su alrededor nubes más brillantes que el Oriente, más perfumadas que el incienso de Arabia, más armoniosas que el primer suspiro de una virgen enternecida

14 Aspiolas es una palabra inventada por Nodier y por lo tanto su descripción no es otra que la de esta página; las Ácronas, creadas también por el autor, refieren sin duda a *chronos*, el tiempo; los *psilas*, según Plinio —*Historia natural,* VII, 13-14—, eran un antiguo pueblo libio en el cual ciertos miembros «inspirados» eran conocidos por no temer la picadura de las serpientes, que sabían curar; Nodier parece haber mezclado esta antigua tradición con los pulgones, que se alimentan chupando el jugo de los vegetales; y, por último, las Morfosias podrían relacionarse con el griego *morphosis,* que utiliza por ejemplo el apóstol Pablo para referirse a las apariciones engañosas, a una suerte de espectros. [E.]

de amor y cuyo vapor enervante fascinaba el alma para matarla. Ora emiten sus ojos una llama húmeda que hechiza y devora; ora inclinan la cabeza con una gracia que solo ellas poseen, solicitando vuestra crédula confianza con una sonrisa seductora; la sonrisa de una máscara pérfida y decidida, que oculta la alegría del crimen y la fealdad de la muerte. ¿Cómo lo diría? Arrastrado por el torbellino de espíritus que flotaba como una nube; como el humo de color rojo sangre que sube de una ciudad incendiada; como la lava líquida que extiende, cruza, entrelaza arroyos ardientes sobre un campo de cenizas... yo llegaba... llegaba... Todos los sepulcros se hallaban abiertos... todos los muertos habían sido exhumados... todas las gules,[15] pálidas, impacientes, hambrientas, estaban presentes; rompían los cierres de los ataúdes, rasgaban las vestiduras sagradas, las últimas vestiduras del cadáver; compartían los despojos más espantosos con la más espantosa voluptuosidad, forzándome con una fuerza irresistible, pues,

15 En esclavón, *ogoljen*, despojado, ya sea porque se hallan desnudas como espectros, ya por antífrasis, porque despojan a los muertos. Lo he traducido por gules, porque esta palabra, ya utilizada en las traducciones de *Las mil y una noches*, no nos resulta extraña, y es evidente que está formada por la misma raíz.
En castellano, la palabra —a partir de la versión de *Las mil y una noches* de Blasco Ibáñez— nos es más familiar en masculino. [T.]

lamentablemente, me encontraba débil y cautivo como un niño en su cuna, a asociarme —¡oh, terror!— ¡a su execrable festín!...»

Acabando estas palabras, Polemón se incorporó en su lecho y, temblando, extraviado, con los cabellos erizados, la mirada fija y terrible, nos llamó con una voz que no tenía nada de humano. Pero los sones del arpa de Mirté volaban ya por los aires; los demonios habían sido apaciguados, el silencio era tranquilo como el pensamiento del inocente que duerme la noche antes de su juicio. Polemón dormía apaciblemente a los dulces sones del arpa de Mirté.

El epodo[16]

Ergo exercentur paenis, veterumque malorum
Supplicia expendunt; aliae panduntur inanes
Suspensae ad ventos, aliis sub gurgite vasto
Infestum eluitur scelus, aut exuritur igni.[17]

VIRGILIO

Acostumbra a dormir la siesta, por lo que es la mejor ocasión para romperle el cráneo con un martillo, o clavarle una estaca en el vientre, o cortarle la garganta con un puñal.

SHAKESPEARE

16 Como el episodio, el epodo es una parte de la tragedia griega, la tercera sección de un coro, cantado antes de la estrofa y la antiestrofa. [E.]

17 *Es porque son sumisas a los castigos y expían en los suplicios sus antiguas faltas. Unas, suspendidas en los aires, son expuestas a los soplos ligeros de los vientos; otras deben lavar su deshonra en el fondo de un espantoso abismo, o bien se depuran en las llamas* (La Eneida, Libro VI).

Los vapores del vino y el placer habían producido aturdimiento en mi espíritu, por lo que, a mi pesar, veía los fantasmas de la imaginación de Polemón perseguirse unos a otros en los rincones menos iluminados de la sala del festín. Aquel había caído en un sueño profundo encima del lecho sembrado de flores, al lado de su copa volcada, y mis jóvenes esclavas, sorprendidas por un abatimiento más suave, habían dejado que sus entorpecidas cabezas cayesen junto al arpa que todas mantenían asida. Los cabellos de oro de Mirté caían como un largo velo sobre su rostro, entre los hilos de oro que palidecían a su lado, y el hálito de su dulce sueño, errando por las armoniosas cuerdas, lograba extraer un extraño y voluptuoso sonido que iba a morir en mis oídos. Sin embargo, los espectros no se habían ido; seguían bailando entre las sombras de las columnas y el humo de las antorchas. Acuciado por el prestigioso impostor de la ebriedad, coloqué sobre mi cabeza algunas ramas frescas de la protectora yedra y cerré con fuerza los ojos, atormentados por las ilusiones de la luz. Escuché, entonces un extraño rumor en el que podía distinguir voces graves y amenazadoras, o injuriosas e irónicas. Una de ellas repetía, con fastidiosa monotonía, unos versos de una escena de Esquilo; otra, los últimos consejos que me diera mi abuelo al morir; de vez en cuando, como una ráfaga de viento que discurre silbando entre las ramas muertas y las hojas secas, en los intervalos de la tempestad, una figura —cuya respiración sentía— se echaba a reír en mi propia cara y se alejaba sin dejar de reír. Otras ilusiones extrañas y horribles siguieron a esta ilusión. Me parecía ver, a través de una nube de sangre, todos los objetos sobre los que mi mirada acababa de ponerse; flotaban ante mí, y me perseguían con actitudes horribles y gemidos acusadores. Polemón, que seguía echado junto a su copa vacía; Mirté, que seguía apoyada junto a su arpa inmóvil, lanzaban contra mí imprecaciones furiosas, pidiéndome cuentas por no sé qué asesinato. En el momento en que me incorporaba para responderles, o en que estiraba los brazos sobre el lecho, enfriado por las generosas libaciones de licores y perfumes, una cosa fría agarró las articulaciones de mis temblorosas manos: era un nudo de hierro, que, en el mismo instante, cayó encima de mis pies entumecidos, y me encontré de pie entre dos prietas hileras de lívidos soldados, cuyas lanzas —rematadas en un deslumbrante hierro— formaban una larga sucesión de candelabros. Me puse en marcha, buscando con la mirada, en el cielo, el vuelo de la paloma viajera para confiar, al menos, a sus suspiros, antes de que llegara el horrible momento que comenzaba a prever, el secreto de un amor oculto que un día podría contar, planeando cerca de la bahía de Corcira, por encima de una bonita casa pintada de blanco; pero la paloma lloraba en su nido, porque el azor acababa de arrebatarle el pollo más querido de su nidada, avanzando con paso penoso e inseguro hacia la meta del cortejo trágico, en medio de un murmullo de espantosa alegría que circulaba entre la muchedumbre y que pedía impacientemente mi llegada; el murmullo de gente boquiabierta, cuya mirada está transformada por los dolores y cuya sangrienta curiosidad bebe, hasta donde le es posible, las lágrimas de la víctima que el verdugo le va a arrojar.

—¡Ahí está —gritan todos—, ahí está!...

—Yo le vi en el campo de batalla —decía un viejo soldado—, pero entonces no estaba pálido como un espectro y parecía bravo para la guerra.

—¡Qué pequeño es ese Lucio, del que habían hecho un Aquiles y un Hércules! —añadía un enano en el que no había reparado antes—. No hay duda de que el terror anula su fuerza y dobla sus piernas.

—¿Estáis seguros de que tanta ferocidad pudo encontrar lugar en el corazón de un hombre? —dijo un anciano de cabellos blancos, cuya duda me heló el corazón. Se parecía a mi padre.

—¡Él! —continuó la voz de una mujer, cuya fisonomía expresaba una gran dulzura—... ¡Él! —repitió, cubriéndose con su velo para evitar el horror de mi aspecto—... ¡El asesino de Polemón y de la bella Mirté!...

—Creo que el monstruo me está mirando —dijo una de las mujeres del pueblo—. ¡Atrás, ojo de basilisco, alma de víbora, que el cielo te maldiga!

Durante todo aquel tiempo, las torres, las calles, la ciudad entera iban quedando detrás de mí como el puerto abandonado por un navío aventurero tentando a los destinos del mar. Solo quedaba una plaza recientemente construida, amplia, de formas regulares, soberbia, cubierta de edificios majestuosos, inundada por una muchedumbre de ciudadanos de todas las condiciones, que renunciaban a sus obligaciones para obedecer a la llamada de un placer morboso. Las ventanas estaban repletas de ávidos curiosos, pudiéndose ver cómo los jóvenes disputaban un poco de espacio a su madre o a su amante. El obelisco que se erigía por encima de las fuentes, el andamiaje vacilante del albañil, los tablados nómadas del guiñol estaban llenos de espectadores. Había hombres jadeantes de impaciencia y voluptuosidad que pendían de las cornisas del palacio, y que, haciendo presa con las piernas en los salientes de la muralla, repetían, con alegría no contenida: «¡Ahí está!». Una niña, cuya mirada extraviada presagiaba la locura, ataviada con una túnica azul ajada y cuyos cabellos rubios estaban adornados con lentejuelas, cantaba la historia de mi suplicio. Y hablaba de mi muerte y de la confesión de mis fechorías, y su cruel endecha revelaba a mi alma espantada los misterios del crimen, imposibles de concebir por el crimen mismo. El objetivo de todo aquel espectáculo éramos yo, otro hombre que me acompañaba y unas cuantas tablas levantadas sobre algunas estacas, por encima de las cuales el carpintero había clavado un grosero asiento y un bloque de madera mal desbastado que le sobrepasaba en media braza.[18] Subí catorce peldaños; tomé asiento y paseé la mirada sobre la muchedumbre, intentando reconocer algunos rasgos amigos, encontrar, en la mirada circunspecta de un adiós vergonzoso,

18 Media braza son 81 cm. [T.]

reflejos de una esperanza o de una pena; solo vi que Mirté se despertaba junto a su arpa, y que la tocaba, riendo; que Polemón levantaba su copa vacía, y que, medio aturdido por los vahos de su brebaje, la llenaba nuevamente con una mano temblorosa. Más tranquilo, ofrecí mi cabeza al afilado y helado sable del oficial de la muerte. Jamás recorrió escalofrío tan penetrante las vértebras del hombre; era sobrecogedor, como el último beso que estampa la fiebre en el cuello de un moribundo, agudo como el acero templado, devorador como el plomo fundido. Solo pude escaparme de esta angustia gracias a una conmoción terrible: había caído mi cabeza... había rodado, rebotado en el repulsivo atrio del cadalso y, lista para caer, llena de magulladuras, en las manos de los niños, de los hermosos niños de Larisa, que juegan con las cabezas de los muertos, se había sujetado a una tabla saliente, mordiéndola con los dientes de hierro que la rabia presta a la agonía. Desde allí volví la vista hacia la asamblea, que se retiraba silenciosa, pero satisfecha. Un hombre acababa de morir ante el pueblo. Y todo se acabó con un sentimiento de admiración para aquel que había atinado a la primera, y un sentimiento de horror dirigido contra el asesino de Polemón y de la bella Mirté.

—¡Mirté! ¡Mirté! —exclamaba yo, rugiendo, pero sin abandonar la salvadora tabla.

—¡Lucio! ¡Lucio! —respondió ella, medio dormida—. ¡Si bebes una copa de más nunca podrás dormir tranquilo! Que los dioses infernales te perdonen, no molestes más mi reposo. Antes preferiría dormir con el ruido del martillo de mi padre, en el taller en el cual atormenta al cobre, que entre los terrores nocturnos de tu palacio.

Y mientras me hablaba, yo mordía, obstinado, la madera humedecida con mi sangre recientemente derramada, y me felicitaba porque sentía crecer las sombrías alas de la Muerte, que se desplegaban, lentamente, por encima de mi mutilado cuello. Todos los murciélagos del crepúsculo venían a acariciarme afectuosos, diciéndome: «¡Coge las alas...!», y yo comenzaba a batir con esfuerzo unos jirones que apenas me sostenían. Sin embargo, al instante sentí una ilusión que me dio ánimos. Por diez veces agité los entablados fúnebres con el movimiento de la membrana poco menos que inanimada que arrastraba tras de mí, parecida a las flexibles patas del reptil que se ovilla en la arena de las fuentes; por diez veces me elevé, progresando poco a poco en la húmeda niebla. ¡Cuán negra y helada parecía! ¡Y cuán tristes son los desiertos de las tinieblas! Me remonté, finalmente, hasta la altura de las edificaciones más elevadas y planeé en círculos alrededor del zócalo solitario, del zócalo que mi boca moribunda acababa de rozar con una sonrisa y un beso de despedida. Habían desaparecido todos los espectadores, habían cesado todos los ruidos, se habían ocultado todos los astros, todas las luces se habían desvanecido. El aire estaba inmóvil, el cielo glauco, apagado, frío como un palastro mate. No quedaba nada de lo que había visto, de lo que había imaginado en la tierra, y mi alma —asustada al sentirse viva— huía con horror hacia una soledad más inmensa, una oscuridad más profunda que la soledad y la oscuridad de la nada. Pero no conseguía encontrar el asilo que estaba buscando. Me elevaba como la mariposa nocturna que ha roto nuevamente sus ataduras misteriosas para desplegar el lujo inútil de su aderezo de púrpura, azur y oro. Si de lejos apercibe la ventana del sabio que vela escribiendo a la luz de una lámpara de poco valor, o la de una joven esposa cuyo marido se ha retrasado en la cacería, se eleva, intenta pararse, golpea, temblorosa el cristal, se aleja, regresa, da vueltas, zumba y cae, manchando el vidrio transparente con el polvillo de sus frágiles alas. Y como ella, yo azotaba, con las lúgubres alas que la muerte me había dado, las bóvedas de un cielo de bronce que solo me respondía mediante una sorda resonancia, y descendí planeando en círculos alrededor del zócalo solitario, del zócalo que mi boca moribunda acababa de rozar con una sonrisa y un beso de despedida. El zócalo ya no se encontraba vacío. Otro hombre acababa de apoyar en él su cabeza, su cabeza echada hacia atrás, y su cuello mostraba a mis ojos la huella de la herida, la cicatriz triangular de la punta de una lanza que me arrebató a Polemón en el sitio de Corinto. Sus ondulantes cabellos lanzaban sus bucles dorados por todo el sangriento bloque; mas Polemón, tranquilo y con los párpados cerrados, parecía dormir un sueño feliz. Una sonrisa que no estaba inducida por el terror se dibujaba en sus labios risueños, propiciando nuevas canciones de Mirté, o nuevas caricias de Telaria. A los atisbos del día pálido que comenzaba a extenderse por el recinto de mi palacio, reconocía con formas todavía un poco indefinidas todas las columnas y vestíbulos, entre los que, por la noche, había visto cómo se organizaban las danzas fúnebres de los malos espíritus. Busqué a Mirté; pero había dejado su arpa, e inmóvil entre Telaria y Teis, detenía una mirada lúgubre y cruel sobre el guerrero dormido. De repente, a su lado surgió Méroe: el áspid de oro que se había quitado del brazo silbaba, deslizándose bajo las bóvedas: el vibrante *rhombus* giraba y zumbaba por los aires; Smarra, convocado por la mañana, tras la terminación de los sueños, venía a reclamar la recompensa prometida por la reina de los terrores nocturnos y palpitaba a su lado, presa de espantoso amor, haciendo zumbar sus alas con tanta rapidez que no llegaban a oscurecer, ni con una mínima opacidad, la transparencia del aire. Teis, Telaria y Mirté bailaban desenfrenadamente y proferían aullidos de alegría. A mi lado, niños horribles, de cabellos blancos, de arrugada frente, de mirada extinta, se divertían encadenándome a mi lecho con las frágiles mallas de la araña, que lanzaba su pérfida red en el rincón que forman dos murallas contiguas para capturar en ella alguna mariposa extraviada. Algunos de ellos recogían los hilos de color blanco como la seda, cuyos ligeros copos escapan al prodigioso huso de las hadas, que dejarían caer con todo el peso de una cadena de plomo encima de mis miembros, incapaces de soportar más dolor. «Levántate», me decían con risas insolentes, quebrantando mi oprimido seno al golpearlo con un canutillo de paja, roto en forma de azote y que habían sustraído de la gavilla de una espigadora. Sin embargo, yo no dejaba de hacer esfuerzos para liberar mis manos de los endebles lazos que las aprisionaban, manos tan temidas por el enemigo y cuya fuerza había llegado a ser conocida en Tesalia, sobre todo en los crueles juegos del cesto y del pugilato; y mis temibles manos, mis manos acostumbradas a levantar un cesto de hierro que daba la muerte, languidecían bajo el desarmado pecho del fantasmal enano, como la esponja agitada por la tempestad al pie de una inmemorial roca golpeada por el mar, sin dejar en ella huella alguna, desde el comienzo de los tiempos. Así se desvaneció sin dejar rastros, incluso antes de llegar hasta el obstáculo, hacia el que le impelía un soplo celoso, aquel globo multicolor, juguete deslumbrante e inasible de los niños.

La cicatriz de Polemón manaba sangre y Méroe, ebria de voluptuosidad, levantaba por encima del ávido grupo que formaban sus compañeras el lacerado corazón que acababa de ser arrancado del pecho del soldado. Pues rehusaba entregarlo, disputando sus restos a las hijas de Larisa, sedientas de sangre. Smarra protegía, con vuelos rápidos y amenazadores silbidos, el espantoso trofeo de la reina de los terrores nocturnos. A duras penas, acariciaba con la extremidad de su trompa, cuya dilatada espiral se desenrollaba como un resorte, el corazón sangrante de Polemón, intentando acallar por un momento la impaciencia de su sed; y Méroe, la bella Méroe, sonreía ante su celo y ante el testimonio de su amor.

Las ligaduras que me retenían cedieron al fin; y caí de pie, despierto junto al lecho de Polemón, mientras que lejos de mí huían todos los demonios, todas las brujas y todas las ilusiones de la noche. Mi propio palacio, y las jóvenes esclavas que eran su más preciado adorno, fortuna pasajera de los sueños, habían dejado paso a la tienda de un guerrero herido al pie de las murallas de Corinto y al cortejo lúgubre de los oficiales de la muerte. Las antorchas del duelo comenzaban a palidecer ante los rayos del sol naciente; los cánticos fúnebres comenzaban a resonar bajo las bóvedas subterráneas de la tumba. Y Polemón... —¡oh, desesperación!—, mi temblorosa mano buscaba, en vano, una débil ondulación en su pecho. Su corazón no latía. Su seno estaba vacío.

El epílogo

Illic umbrarum tenui stridore volantum
Flebilis auditu questus, simulacra coloni
Pallida, defunctasque vident migrare figuras.[19]

CLAUDIANO

Yo no creeré nunca en esas antiguas fábulas ni en esos juegos de hadas. [Los enamorados, los locos y los poetas][20] viven tan alucinados y con tan caprichosas fantasías que imaginan más de lo que la fría razón puede comprender.

SHAKESPEARE

19 *Aquí donde se oyen los gemidos de las almas que vuelan con ligero silbido, los colonos ven pasar lívidos espectros y figuras fantasmales.*
20 Nodier, en su versión francesa, agrega aquí a los poetas (*Lovers and mandmen*, en el original inglés) lo que no deja de ser un guiño muy significativo. [T.]

¡Ah! ¿Quién vendrá para quebrar sus puñales? ¿Quién será capaz de restañar la sangre de mi hermano y de traerle a la vida? ¡Oh! ¿Qué he venido a hacer aquí? ¡Eterno dolor! ¡Larisa, Tesalia, Tempe, ondas del Peneo, cuánto os aborrezco! ¡Oh, Polemón, querido Polemón!...

—¡En el nombre de nuestro ángel bueno! ¿Qué dices acerca de puñales y de sangre? ¿Qué es lo que te hace balbucear desde hace un rato palabras desordenadas, o gemir con voz ahogada como un viajero al que asesinan en mitad de un sueño, y que solo es despertado por la muerte?... ¡Lorenzo, mi querido Lorenzo!...

Lisidis, Lisidis. ¿Eres tú quien me habla? Me pareció reconocer tu voz y he pensado que las sombras se estaban marchando. ¿Por qué me has abandonado cuando acogía, en mi palacio de Larisa, los últimos suspiros de Polemón, en medio de las brujas que bailan de alegría? Mira, mira cómo bailan de alegría...

—¡Ay!, no conozco a Polemón, ni a Larisa, ni a la alegría formidable de las brujas de Tesalia. No conozco más que a Lorenzo. Ayer —¿es que tan pronto lo has olvidado?— era el día en que recordábamos por primera vez el día en que consagramos nuestro matrimonio; ayer era el octavo día de nuestro casamiento... mira, mira qué día, mira Arona, el lago y el cielo de Lombardía...

Las sombras van y vienen, me amenazan, hablan encolerizadas, hablan de Lisidis, de una hermosa casita al borde mismo de las aguas, y de un sueño que he tenido con una tierra lejana... aumentan de tamaño, me amenazan, gritan...

—¿Con qué nuevo reproche vas a atormentarme, corazón ingrato y celoso? ¡Ah! Bien sé que te mofas de mi dolor y que solo buscas alguna infidelidad para disculparte, o para tapar con algún insólito pretexto una ruptura preparada de antemano... No te hablaré más.

¿Dónde está Teis, dónde está Mirté, dónde están las arpas de Tesalia? Lisidis, Lisidis, si no me he confundido al escuchar tu voz, tu dulce voz, debes de estar ahí, cerca de mí... solo tú puedes librarme de los prestigios y las venganzas de Méroe... Líbrame de Teis, de Mirté, incluso de Telaria...

—Eres tú, cruel, quien lleva demasiado lejos la venganza y quiere castigarme porque ayer, en el baile de Isola Bella, bailé demasiado con otro; pero si se hubiera atrevido a hablarme de amor, si me hubiera hablado de amor...

¡Por san Carlos de Arona, que Dios te libre para siempre!... Y entonces, ¿es posible, Lisidis mía, que hayamos regresado de Isola Bella a los dulces acordes de tu guitarra, entrando en nuestra acogedora casa de Arona, de Larisa, de Tesalia, a los dulces acordes de tu arpa y de las aguas del Peneo?

—Abandona Tesalia, Lorenzo, despiértate... ¿No ves los rayos del sol naciente que inciden en la cabeza colosal de san Carlos?[21] Escucha el murmullo del lago que va a morir en las arenas, al pie de nuestra acogedora casa de Arona. Respira las brisas de la mañana que transporta sobre sus frescas alas todos los perfumes de los jardines y de las islas, todos los murmullos del día naciente. El Peneo discurre muy lejos de aquí.

21 El archipestre de Milán, Carlos Borromeo (1538-1584), nació en Arona: fue canonizado en 1610, luego de lo cual se erigió en su honor, en 1697, una estatua colosal de bronce, que aún se conserva. [E.]

Nunca podrás comprender cuánto he sufrido esta noche junto a sus riberas. ¡Que aquel río sea maldito por la naturaleza, y maldita también la dolencia funesta que hizo extraviarse mi alma durante esas horas que me parecieron las más largas que mi existencia, entre escenas de falsas delicias y crueles terrores!... ¡Y que ha hecho envejecer diez años mis cabellos!

—Yo te juro que no han encanecido... pero otra vez estaré más atenta y ataré a tu mano una de las mías, deslizando la otra en los bucles de tus cabellos, respiraré toda la noche el aliento de tus labios y me defenderé de un sueño profundo para poder siempre despertarte antes de que el mal que te atormenta haya podido llegar a tu corazón... ¿Duermes?

«Trilby» o el duendecillo de Argail

No hay nadie entre vosotros, queridos amigos, que no haya oído hablar de los *drows*[22] de Thule y de los *elfos* o duendes familiares de Escocia, por donde sabéis que pocas moradas rústicas de estas comarcas no cuentan un trasgo entre sus habitantes. Desde luego este diablejo es más malicioso que malo y más travieso que malicioso; burlón y revoltoso en ocasiones, y frecuentemente servicial y dulce, con todas las buenas cualidades y todos los defectos de un niño malcriado. Raras veces se le encuentra en la mansión de los grandes y en las alquerías donde la opulencia está servida por muchos criados;

22 Enanitos de la mitología escocesa. [T.]

un sino más humilde le hace habitante misterioso de la cabaña del pastor o del leñador. En esta, e infinitamente más dichoso que los rutilantes parásitos de la fortuna, se complace en contrariar a las viejas que maldicen de él durante las veladas, o en turbar con ensueños incomprensibles, pero graciosos, las noches de las muchachas. Le agradan particularmente los establos, donde durante la noche ordeña a las vacas y a las cabras de la aldea, para gozar, sin duda, con la alegre sorpresa de las pastoras, que al entrar por la mañana no pueden comprender porque maravilla los terneros y los corderos se encuentran en el sitio debido, pero ahítos de la leche apetecible y espumosa; o bien trepa sobre los caballos, que relinchan de gozo, y enreda con sus dedos los largos anillos de las crines flotantes, da brillo a las grupas y lava con agua cristalina sus patas finas y nerviosas. En invierno, prefiere todos los rincones del hogar doméstico y las paredes cubiertas de hollín de la chimenea, habitando alguna grieta del muro, vecina a la celda armoniosa del grillo. ¡Cuántas veces no se vio a Trilby, el alegre duendecillo de la choza de Dougal, con su pequeño *tartán* de color fuego y su ondeante *plaid* de color de humo, saltando de una rendija a otra de las losas calcinadas del lar, como si quisiera agarrar a su paso las chispas despedidas por los tizones, que subían en magnífico ramillete a lo alto de la chimenea! Era Trilby el más joven y el más gentil de los trasgos, y así cruzaseis toda Escocia, desde la desembocadura del Solway al estrecho de Pentland,[23] no habríais hallado otro que pudiera competir con él en genio y gentileza. Contaban de él hazañas ingeniosas y amables. Las altas señoras de los castillos de Argail y Lennox[24] morían de pena porque no iba a sus palacios aquel duende que llenaba de encanto los sueños, y el viejo *laird* de Lutha, para complacer a su noble esposa con el regalo de este duendecillo, hubiese dado sin vacilar hasta el glorioso y enmohecido *claymore*[25] de Archibaldo, el ornamento más honorífico de su sala gótica de armas; pero a Trilby le importaban un bledo el Claymore de Archibaldo y el palacio de las nobilísimas señoras. Ni aunque le hubieran prometido el imperio del mundo hubiera abandonado la choza de Dougal, porque estaba enamorado de

23 Este relato tiene una gran precisión geográfica, como hemos dicho en la nota preliminar, producto del viaje por Escocia de Nodier y descripto en su *Promenade de Dieppe aux montagnes d'Écosse* (véase los mapas de las págs. 207-208). [E.]
24 En tiempo de los Estuardo, Lennox era una región administrativa al norte de la de Clyde. [E.]
25 *Claymore* es la gran espada escocesa; *laird* es una palabra escocesa que designaba al terrateniente. [T.]

la morena Jeannie, la pícara batelera del lago Beau,[26] y de vez en cuando se aprovechaba de las ausencias del pescador para decir a Jeannie los sentimientos que le inspiraba. Cuando, vuelta del lago, la muchacha había visto desde lejos entrar en su seno profundo, ocultarse tras un cabo y perderse en las brumas del agua y el cielo la luz errante del barquichuelo en donde iba su marido buscando pesca abundante; cuando contemplaba el dintel de su morada, cuando entraba en ella suspirando, cuando atizaba las brasas ya cubiertas de blanquísima ceniza y cuando hilaba moviendo el huso al compás del cántico a san Dunstan[27] o de la balada del aparecido de Arberfoyle, y cuando sus párpados, agobiados por el sueño, comenzaban a velar sus ojos cansados, Trilby, animado por la somnolencia de su bienamada, salía ligero de su escondrijo, saltaba alegre como un chicuelo sobre las llamas, rodeado de una rutilante nube de chispas, se acercaba algo más tímido a la hilandera adormecida y algunas veces, estimulado por el tenue aliento de la muchacha, retrocedía, o tornaba, subiéndose a sus rodillas y rozándolas no más que las

26 El lago Beau es una variante francesa del loch Fyne. [E.]
27 Dustan (ap.909-988), párroco de Cantorberry, fue el gran evangelizador de Escocia. No hemos encontrado huellas de su «cántico» ni de la balada del aparecido de Aberfoyle. [E.]

rozaría con el batir de sus alas impalpables una mariposa nocturna, o acariciaba sus mejillas, o se enredaba en los bucles de sus rizados cabellos, o se columpiaba, ingrávido, en los aros de oro de sus orejas, o descansaba sobre su seno, murmurando con voz todavía más dulce que el mudo suspiro de la brisa cuando muere sobre una hoja temblorosa:

—Jeannie, mi linda Jeannie, escucha un momento a este triste que te ama, que llora de amor porque tú no correspondes a su ternura. Apiádate de Trilby, del pobre Trilby. Soy el duendecillo de la cabaña. Soy yo, Jeannie, mi linda Jeannie, quien cuida del cordero al que tanto quieres, el que hace su lana tan fina y suave como la seda o como hebras de plata. Soy yo quien se mete bajo el remo de tu barca para ahorrar fatiga a tus brazos y quien empuja las ondas. Soy yo quien sostiene el peso de tus remos para aliviar tus brazos y que aquieta la lejana ola que estos apenas tocan. Soy yo quien sostiene la barca cuando la inclina el soplo del viento y quien la hace deslizar contra la marea como sobre una pendiente. Los peces azules del lago Long y del lago Beau, que en las aguas bajas de las radas brillan al sol como zafiros, soy yo quien los trajo de los remotos mares del Japón para regocijo de la primera niña que echarás al mundo, la misma que se querrá separar a medias de tus brazos para seguir los movimientos ágiles y los variados reflejos de las brillantes escamas. Las flores que, sorprendidas, encuentras de mañana en tu camino por la estación más triste del año, soy yo quien las robó para ti en encantadoras campiñas cuya existencia ignoras, donde yo viviría si quisiera, en rientes moradas, con lechos de musgo aterciopelado a los que jamás cubre la nieve, o en el cáliz embalsamado de rosas que no se marchitan sino para que nazcan nuevas rosas todavía más bellas. Cuando tú aspiras gozosa el aroma de una rama de tomillo arrancado de entre las peñas y sientes en tus labios sorprendidos como el movimiento súbito, como el vuelo de una abeja, es un beso que te robo al pasar. Tus sueños más placenteros, aquellos en que ves un niño que te acaricia amoroso, soy yo quien te los envía, y soy yo el niño cuyos labios ardientes se posan sobre los tuyos en los dulces prestigios de la noche. ¡Oh, haz verdadera la dicha de estos sueños! ¡Jeannie, mi linda Jeannie, encanto delicioso de mis pensamientos, objeto de mis afanes y esperanzas, de mis temores y transportes, compadécete del pobre Trilby, quiere un poquito al duendecillo de la choza!

Gustaba Jeannie de los juegos del trasgo, de sus mimos acariciadores y de los ensueños inocentemente voluptuosos que le enviaba. Durante mucho tiempo se complació en estas ilusiones, sin decir nada a Dougal, y el rostro dulcísimo y la voz quejumbrosa del espíritu del hogar se le representaban en aquel indeciso espacio de tiempo que media entre el descanso y el sueño, cuando vuelven a agitar nuestro corazón hasta las impresiones que hemos eludido durante el día. Parecíale ver a Trilby deslizándose entre los pliegues de las cortinas y oírle gemir y llorar bajo la almohada. Y hasta hubo veces que sintió el apretón de una mano temblorosa y el ardor de una boca abrasadora. Quejóse al cabo a Dougal de la terquedad de aquel diablejo enamorado de ella y que ciertamente no le era desconocido al pescador, porque, rival astuto, cien veces sujetaba sus anzuelos o enredaba las mallas de sus redes en las hierbas insidiosas del lago. Dougal lo había visto delante de su barca, bajo la forma de un pez enorme, engañándole con cierto descuido socarrón durante la pesca de noche, para después sumergirse en lo hondo hasta desaparecer, o trocarse en mosca o falena, y perderse en las orillas con el *Hope-Clover*[28] por las profundas

28 El nombre de este pajarillo, que no aparece en los diccionarios, parece derivar de *to hop* (saltar) y de *clover* (trébol). [T.]

cosechas de alfalfa. Así Trilby engañaba a Dougal, haciendo más prolongadas las ausencias de este.

¡Imagínese cuáles serían la cólera, el terror y las inquietudes de Dougal mientras su mujer, sentada en un rincón del lar, le declaraba las artimañas del malicioso trasgo! Llamas blancas bailaban sobre los tizones sin tocarlos; los carbones centelleaban con pequeños penachos crepitantes y el duende hacía que a su alrededor volasen arremolinadas las cenizas ardientes.

—Bien —dijo el pescador—; esta tarde me llegaré a ver al viejo Ronald, el monje centenario de Balva, que sabe leer de corrido en los libros de la Iglesia y que no perdona a los duendecillos de Argail los daños que causaron el año pasado en su presbiterio. Solo él podrá librarnos de este sortilegio, arrojando a Trilby a los abismos rocosos de Inisfail, que es de donde vienen a nosotros los malos espíritus.

Aún no había pasado un día cuando se presentó el eremita en la choza de Dougal. Mientras lució el sol estuvo orando, meditando, besando reliquias de santos y leyendo el Ritual y la Clavícula.[29] Después, cuando

29 *La Clavícula o pequeña clave de la magia,* obra esotérica atribuida a Salomón. [E.]

llegó la noche y con ella la hora en que los trasgos perdidos en el espacio vuelven a tomar posesión de su solitaria morada, se arrodilló ante el lar lleno de brasas, arrojó en él algunas ramas de acebo bendito, que ardieron con grandes chasquidos, escuchó atentamente el cántico melancólico del grillo que presentía la pérdida de su amigo y reconoció los suspiros de Trilby. Entraba Jeannie en aquel momento.

Levantóse entonces el viejo monje, pronunciando tres veces el nombre de Trilby con voz que infundía miedo:

—¡Yo te conjuro —exclamó—, por el poder que recibí de los sacramentos, a que salgas de la cabaña de Dougal el pescador, así que cante tres veces las santas letanías de la Virgen. Como jamás has dado motivos, Trilby, y en Argail nadie te cree un espíritu malvado; como sé por los libros secretos de Salomón, cuyo conocimiento es particularmente reservado a nuestro monasterio de Balva, que tú perteneces a una raza misteriosa cuyo destino aún no está irremisiblemente fijado, así que tu salvación o tu condenación eternas son oculto designio del Señor, me abstengo de pronunciar sobre ti una pena más severa. ¡Pero acuérdate, Trilby, de que te conjuro, por el poder que los sacramentos me han dado, a que salgas de la cabaña de Dougal el pescador, así que cante por tercera vez las letanías de la Virgen!

Y el viejo monje cantó por primera vez la letanía, respondiéndole a coro Dougal y también Jeannie, que comenzaba a sufrir una emoción tan penosa que hacía palpitar su corazón. Le pesaba ya haber revelado a su marido los tímidos amores del duendecillo, y la expulsión del hogar de aquel huésped tan familiar la llevaba a pensar que experimentaba hacia él un afecto mayor del que hasta ahora sospechara.

El viejo monje pronunció de nuevo por tres veces el nombre de Trilby.

—Yo te conjuro —dijo— a que salgas de la cabaña de Dougal el pescador, y para que no puedas eludir el alcance de mis palabras, ya que conozco desde hace mucho tiempo tus malicias, te hago saber que esta sentencia mía es irrevocable y para siempre...

—¡Ay! —exclamó Jeannie en voz baja.

—A menos —continuó el monje— que Jeannie te permita volver...

Esta redobló su atención.

—Y que el mismo Dougal te traiga.

—¡Ay! —repitió Jeannie.

—Y acuérdate, Trilby, de que te conjuro, por el poder que recibí con los sacramentos, a que salgas de la cabaña de Dougal el pescador, así que haya cantado dos veces las santas letanías de la Virgen.

El viejo monje cantó por vez segunda la letanía, respondiéndole a coro Dougal y Jeannie, haciéndolo esta con voz apagada, casi envuelto el rostro en su negra cabellera, porque su corazón desbordaba en sollozos que quería contener y en sus ojos había lágrimas que quería ocultar.

«Trilby —pensaba— no pertenece a una raza maldita; el monje lo ha dicho; me amaba con la misma inocencia que mi cordero; no podía vivir sin mí. ¿Qué será de él sobre la tierra cuando se vea privado de la única felicidad de sus veladas? ¿Era un pecado tan grande, pobre Trilby, que jugases por la noche con el huso que mis manos dejaran caer al dormirme, ni que trepases, cubriéndolo de besos, por el hilo que yo enrollara?»

Mas el monje repetía de nuevo por tres veces el nombre de Trilby, recomenzando sus palabras en el mismo orden:

—Yo te conjuro —dijo— por el poder que recibí de los sacramentos, a que salgas de la cabaña de Dougal el pescador, y te prohíbo para siempre jamás volver a ella, si no es con las condiciones que te he prescrito, y esto cuando cante una vez las santas letanías de la Virgen...

Jeannie se llevó una mano a los ojos.

—¡Y si así no lo hicieres, castigaré tu rebeldía de un modo que espantará a los de tu raza! Te sujetaré por mil años, espíritu desobediente y maligno, al tronco del abedul más añoso y grueso del cementerio...

—¡Desgraciado Trilby! —murmuró Jeannie.

—Juro por Dios Todopoderoso —prosiguió el monje— que así será.

Y cantó por vez tercera, respondiéndole solo Dougal. Jeannie no respondió ni una sola vez. Se había dejado caer sobre la piedra saliente que bordea el lar, y Dougal y el monje atribuyeron su emoción a la turbación natural que le produjera la imponente ceremonia. Tan pronto como se extinguió la última respuesta, palidecieron las llamas de los tizones y una luz azulada corrió sobre las brasas extintas, desvaneciéndose. Se escuchó un grito larguísimo en lo alto de la rústica chimenea. El duendecillo ya no estaba allí.

—¿Dónde está Trilby? —preguntó Jeannie, volviendo en sí.

—¡Se ha ido! —contestó orgulloso el monje.

—¡Se ha ido! —repitió ella con acento que el monje tomó como de admiración y de gozo. Los libros sagrados de Salomón no le habían enseñado ni una palabra de ciertos arcanos del corazón.

Acaso estaba aún el trasgo en el tejado de la choza de Dougal y ya Jeannie sentía amargamente que el alejamiento del pobre Trilby agrandaba su soledad. Sus canciones de la velada no serían entendidas por nadie, y por cierto que no las confiaría más que a las insensibles paredes, y cantaría por distracción o en los raros momentos de un modo inconsciente o bien pensando que Trilby, más poderoso que la Clavícula y el Ritual, había desbaratado exorcismos del viejo monje y que los severos mandatos de Salomón y había regresado. Desde entonces, fija la mirada en la lumbre del hogar, buscaba discernir en las extrañas figuras que las brasas forman al convertirse en cenizas los trazos de la fisonomía con que se imaginaba al duendecillo; mas no veía sino las sombras sin forma y sin vida que rompían aquí y allá la uniformidad de las rojas llamaradas, y aun estas sombras se disipaban no bien arrojaba brazadas de ramas secas para reavivar el fuego. Si dejaba caer el huso y abandonaba el hilo, no estaba allí Trilby para jugar con él, como queriendo robarle a su amada, y dichoso porque el hilo le servía para trepar hasta la mano de Jeannie y darle un beso rápido, dejándose caer en seguida, escapándose y desapareciendo antes de que ella pudiese advertirlo y quejarse. ¡Dios mío, cuánto había cambiado todo! ¡Cuán largas eran las tardes y cuánta tristeza había en el corazón de Jeannie!

Las noches de Jeannie, como su vida toda, habían perdido el encanto, y las ensombrecía aún más la recóndita presunción de que Trilby, bien acogido por las castellanas de Argail, vivía tranquilo, agasajado y sin nada que temer de sus hoscos maridos. ¡Qué de comparaciones humillantes para la choza del lago Beau no haría el duendecillo a cada instante en las deliciosas vigilias pasadas junto a las suntuosas chimeneas donde las columnas negras de Staffa se enlazaban con el mármol argentado de Firkin,[30] rematadas por volutas de resplandecientes cristales de mil colores! ¡Y toda esta suntuosidad cuán lejos estaba de la sencilla pobreza del fogón de Dougal! Esta comparación era aún más dolorosa cuando Jeannie imaginaba a sus nobles rivales sentadas junto a las brasas, alimentadas de maderas

30 Estas «columnas negras» son los órganos basálticos de la célebre gruta de Fingal, situada en el islote de Staffa (una de las Hébridas). La punta de Firkin es una avanzada rocosa que se encuentra en la orilla oeste del loch Lomond. [E.]

preciosas y odorantes que llenaban con una nube de perfumes el palacio favorecido por el duendecillo! ¿Y cuando con la imaginación iba detallando la riqueza de sus vestidos, los brillantes colores de sus ropajes a cuadros, la aprobación y la elección de sus plumas de *ptarmigan*[31] y de garza, la gracia aprestada de sus cabelleras, o cuando creía oír en el aire sus voces mezcladas con una maravillosa armonía?

«¡Desdichada, Jeannie —se decía—, creías saber cantar, y aun cuando tuvieses una voz tan dulce como la de aquella muchacha del mar cuyo canto oyeron alguna vez los pescadores, no se acordaría de ti. Tú cantabas cual si él no hubiera estado aquí, como si solo te escuchará el eco, mientras que todas esas coquetas no cantan más que para él. ¡Y cuántas cualidades no tienen sobre ti: la riqueza, la nobleza y quizá la hermosura! Tú eres morena, Jeannie, porque tu frente descubre la superficie resplandeciente de las aguas bravas del ardiente cielo del verano. Mira tus brazos: son graciosos y esbeltos, son delicados y nerviosos, pero les falta delicadeza y frescura. Acaso tu cabellera, aunque negra,

31 Nombre inglés de la perdiz nival (*Lagopus mutus*).

no carece de gracia, sobre todo cuando los bucles de ella, largos y rizados, ondean sobre tú cuello movidos por las frescas brisas del lago; pero me vio tan pocas veces sobre el lago, que acaso me ha olvidado.»

Preocupada con estas ideas, Jeannie se acostaba más tarde que de ordinario y no se dormía sin pasar de una antigua inquietud a otras inquietudes nuevas. Trilby no se le aparecía ya en sus sueños bajo la forma fantástica del gracioso enanillo del hogar. Ahora este niño caprichoso era un adolescente de cabellos rubios, de talle tan esbelto y elegante que se asemejaba en flexibilidad a los juncos de las riberas: tenía los rasgos dulces y finos del trasgo, mas dibujados sobre la persona imponente del jefe del clan de los Mac-Farlane cuando trepaba al Cobler blandiendo el arco temible del cazador,[32] o cuando se perdía en los prados de Argail, haciendo resonar de tiempo en tiempo las cuerdas del arpa escocesa; y así debía de ser el último descendiente de los ilustres señores, cuando desapareció súbitamente de su castillo, después de haber sufrido los anatemas de los santos religiosos de Balva, por haberse negado a pagar un viejo

32 Los Mac-Farlane, clan escocés verdadero, eran originarios de Arroqhar, citado luego; el Cobler es otro nombre del Ben Arthur que se menciona más adelante. [E.]

tributo al monasterio. Pero entonces la mirada de Trilby no tenía ya la expresión franca, la confianza ingenua de la dicha. La sonrisa de un candor aturdido no retozaba en sus labios. Miraba a Jeannie entristecido, suspiraba amargamente, velaban su frente largos cabellos y se envolvía en los amplios pliegues de su capa. Conservábase puro el corazón de Jeannie, mas sufría pensando que ella era la causa de las desgracias de una criatura encantadora que jamás la había ofendido y cuya cándida ternura la atemorizó harto prematuramente. Engañada por los sueños, imaginaba llamar a gritos al trasgo para que volviese al hogar, y que el este llegaba tan lleno de gratitud que se abrazaba a sus pies, besándolos y cubriéndolos de lágrimas. Después, cuando lo contemplaba bajo la nueva figura, comprendía que no podría sentir por él sino un cariño culpable, y deploraba su destierro, sin atreverse a desear su retorno.

Así transcurrían las noches de la muchacha desde la marcha del duendecillo, y con el corazón lacerado de un justo arrepentimiento, o por inclinaciones involuntarias, bien pronto repudiadas, no se entretenía más que en las fatigosas faenas que interrumpían el reposo de la cabaña. Hasta el mismo Dougal estaba inquieto y pensativo. ¡Gozan de tantos privilegios las casas habitadas por los trasgos! Desde luego se ven libres de todos los daños que pueden causar las tormentas y de los desastres de los incendios, porque el duendecillo, siempre vigilante, no olvida nunca, cuando todos duermen, de rondar por todo el edificio hospitalario que le abriga de los fríos del invierno. Tapa las grietas del tejado no bien el viento se empeña en ensancharlas, o vuelve a los goznes quebrantados la puerta que mueve el vendaval. Necesitando para él el grato calor del lar, separa de vez en cuando las cenizas que se amontonan y reaviva con un soplo ligerísimo la brasa próxima a extinguirse, la que poco a poco se extiende por todo la superficie ennegrecida. No necesita más para calentarse; pero paga generosamente el bien que recibe. Cuida, vigilante, de que ninguna llama fugitiva despierte con los horrores de un fuego el sueño descuidado de los moradores; mira todos los rincones de la casa y todas las rendijas de la vieja chimenea; da vuelta al forraje en el pesebre y a la paja en el establo; y esta solicitud llega a los pacíficos moradores del corral, a la volatería, a quien la Providencia dio gritos para quejarse, mas no armas con que defenderse. Ya es el gatopardo, que llegó sin que se oyesen sus pisadas, amortiguadas por el musgo y también por el terciopelo que encubre sus uñas, conteniendo su maullido de tigre, velando sus ojos ardientes que brillan en la noche como fuegos fatuos; ya es la marta viajera, que de improviso cae sobre su presa, que la coge sin herirla, que la envuelve, coqueta, con graciosos abrazos, que la embriaga con perfumes deliciosos y que le da muerte con un beso; ya es hasta el mismo zorro, al que se encuentra sin vida junto al cesto tranquilo de pollitos recién nacidos, cuya madre duerme con la cabeza bajo el ala, soñando que de en toda la nidada ni un solo huevo se ha malogrado. Y, para decirlo todo, la holgura con que vivía Dougal había alimentado con la pesca de aquellos bonitos peces azules que tan fácilmente cogía con sus redes; pero desde la partida de Trilby los peces desaparecieron. Por esto, siempre que llegaba a la orilla del lago, todos los niños del clan de Mac-Farlane le gritaban:

—Es horrible, tonto Dougal, ¿qué daño te hicimos? Porque fuiste tú quien se llevó todos los bonitos peces del lago Long y del lago Beau; ya no los vemos saltar sobre las aguas, ni hacer como que pican en nuestros anzuelos, ni detenerse, inmóviles como flores del color del tiempo, sobre las hierbas rojizas de la rada. Ya no los vemos nadar a nuestro lado cuando nos bañamos, llevándonos lejos de las corrientes peligrosas y mostrándonos su largo dorso azul.

Y Dougal proseguía su camino, murmurando:

—Acaso sea, en efecto, necedad sentir celos de un duendecillo; pero el viejo monje de Balva sabe mucho más que yo.

No se le ocultaba a Dougal cuánto había cambiado el carácter de Jeannie, antes tan sereno y alegre, y cuando con el pensamiento se remontaba al instante en que apareció esta melancolía, recordaba el momento preciso de las ceremonias del exorcismo para arrojar a Trilby. En fuerza de cavilar se persuadió de que las inquietudes que turbaban su hogar y la mala suerte que le perseguía en la pesca podrían muy bien ser los efectos de un sortilegio, y sin comunicar esta idea a Jeannie en términos que aumentasen sus inquietudes y amarguras, le sugirió poco a poco el deseo de recurrir a una protección poderosa contra el mal sino que le perseguía. De allí a pocos días se celebraba, en el monasterio de Balva, la famosa romería de san Colomban, el santo que tenía más devotas entre las mujeres jóvenes de la comarca, porque, víctima de un amor oculto y desgraciado, era sin duda el intercesor de la corte celestial más propicio para las penas calladas del corazón. Se referían de él milagros de caridad y de ternura cuyo relato nunca pudo oír Jeannie sin conmoverse, milagros que desde hacía algún tiempo se presentaban a su imaginación como sueños acariciadores de esperanza. Por esto se avino de buena gana a los propósitos de Dougal, tanto mayor motivo cuanto nunca había visitado la meseta de Calender, y en esta comarca, nueva para sus ojos, de cierto tendría menos recuerdos desagradables que en el lar de su cabaña, donde la entretuvieron las gracias conmovedoras y el amor inocente de Trilby. Solo un pesar enturbiaba la idea de la romería: que el monje más viejo del monasterio, aquel inflexible Ronald, cuyos crueles exorcismos desterraron a Trilby, pudiera dejar su ermita de la montaña para tomar parte en las solemnidades religiosas de la festividad del santo patrón; pero la muchacha, que temía, y no sin razón, abrigar muchos pensamientos indiscretos y acaso sentimientos culpables, resignóse prontamente a la mortificación y al castigo que suponían la presencia del viejo monje. Además, ¿qué iba a hacer ella sino pedir a Dios que la hiciese olvidar a Trilby, o más bien a la imagen falsa que de él se había forjada? ¿Y qué odio podía sentir contra el anciano, que no había hecho más que cumplir sus deseos y prevenir su penitencia?

«Además —pensó, sin darse cuenta de este cambio involuntario de su espíritu—, Ronald tenía más de cien años en la última caída de las hojas, y acaso haya muerto.»

Dougal, menos preocupado, porque tenía una idea clara del objeto del viaje, calculaba lo que habría de producirle en el porvenir la pesca copiosa de aquellos peces azules, de los que antes no pensó ver el fin, y cual si creyera que la piadosa visita al sepulcro del santo abad devolvería todo aquel pueblo vagabundo de lindos peces a las aguas del golfo, las sondaba inútilmente con la mirada, recorriendo el pequeño recodo del extremo del lago Long, hacia las deliciosas riberas de Tarbet, campiñas de ensueño que hasta el viajero que las cruzó con el corazón vacío de las ilusiones del amor, que embellecen todos los paisajes, jamás olvida. Hacía poco menos del riguroso castigo de Trilby. Aún no había llegado el invierno, pero el otoño agonizaba. Las hojas, movidas por fresca brisa matutina, se agolpaban a los extremos de las ramas inclinadas y formando extraños ramos de un rojo esplendoroso o de un leonado áureo parecían ornar las cimas de los árboles con flores más frescas y frutos más espléndidos que aquellos que les eran naturales. Se hubiera creído que había ramos de granadas en los abedules y que el pálido verdor de los fresnos ocultaba racimos maduros, sorprendidos de brillar en las sombras de un follaje ligero. Hay en los días en que ya declina el otoño algo inexpresable que aumenta la solemnidad de todos los sentimientos. Cada paso que da el tiempo imprime sobre los campos o en los árboles que amarillean una nueva señal de caducidad más imponente y más grave. Se oye salir del fondo de los bosques una especie de rumor amenazador formado por el chasquido de las ramas secas, el frotar de las hojas que caen, la queja confusa de los animalejos de rapiña a quien la proximidad del invierno riguroso alarma por sus hijuelos; rumores, suspiros, gemidos algunas veces semejantes a voces humanas, que sorprenden el oído y oprimen el corazón. Ni aun en los templos evita el viajero las sensaciones que le persiguen. Las bóvedas de las viejas iglesias producen iguales rumores que las reconditeces de las viejas florestas, cuando el paseante solitario escucha los ecos sonoros de la nave y el exterior se desliza por las tablas mal unidas o mueve los plomos de los vitrales rotos, uniendo un ruido extraño al sordo resonar de los pasos. En ocasiones se diría que el canto tembloroso de una virgen joven enclaustrada responde al mugido majestuoso del órgano; y estas impresiones se confunden de tal manera en otoño que aun el mismo instinto de los animales se equivoca a veces. Se ha visto a lobos vagar entre las columnas de una iglesia abandonada con la misma confianza que si estuviesen entre los troncos blanquecinos de las hayas; y a una bandada de pájaros aturdidos posarse lo mismo en los árboles altísimos que en el puntiagudo campanario de las iglesias góticas. Ante el aspecto del atrevido remate, cuya forma, y a veces hasta la materia que le compone, originaria de su selva natal, el milano va cerrando poco a poco los círculos de su vuelo y se abate sobre la aguda punta como si esta fuera un palo de blasón. Esta idea hubiera debido prevenir a Jeannie contra el error de un presentimiento doloroso cuando al lado de Dougal llegó a la capilla de Glenfallach, hacia la que marchaban desde luego, porque aquel era el punto de reunión de los peregrinos. Había visto, en efecto, que un cuervo de alas desmesuradas se posaba en la antigua flecha y lanzaba un graznido inacabable que expresaba tanta inquietud como tristeza, y no pudo menos que considerar aquello como un presagio siniestro. Más tímida a medida que se acercaba, miraba a un lado y a otro con intranquilidad, y sentía temor hasta del débil rumor de las ondas, no movidas del viento, que venían a morir al pie del monasterio abandonado.

Y así, de ruina en ruina, Dougal y Jeannie llegaron a las estrechas riberas del lago Kattrinn, donde en tiempos lejanos eran raros los bateleros y se multiplicaban las estaciones de peregrinaje. Por fin, a los tres días de camino divisaron de lejos los abetos de Balva, cuyo verdor oscuro destacaba pintoresco de las florestas de hojas ya marchitas y de los musgos pálidos de las montañas. En la cima de una de ellas, y como inclinadas en lo alto de una roca cortada a pico, cual si quisieran precipitarse al abismo, veíanse las viejas y ennegrecidas torres del monasterio, y arrancando de ellas y perdiéndose a lo lejos, las alas de edificios medio hundidos. Jamás la mano del hombre, desde que los santos fundaron el monasterio, había parado lo que destruyera el paso del tiempo, y una tradición extendida en el pueblo aseguraba que cuando se hubiese hundido todo, el enemigo de Dios se enseñorearía de Escocia durante algunos siglos y tinieblas impuras reemplazarían a los fulgores de la fe. Por esto mismo era para la multitud creyente un motivo más de alegría la contemplación del monasterio, firme y robusto, prometiendo con su aspecto largos años de duración. Gritos de alegría, clamores de entusiasmo y dulces murmullos de esperanza y de reconocimiento se unían en una plegaria común.

Y era entonces, en aquel instante de la emoción piadosa y honda que suscita la esperanza en la realización de un milagro, cuando todos los peregrinos, arrodillados en adoración, recapitulaban cuáles eran los motivos principales de su viaje: la mujer y las hijas de Coll Cameron, uno de los vecinos más cercanos de Dougal, pedirían bellos vestidos que en las primeras fiestas las adornasen de modo que quedase oscurecida la sencilla belleza de Jeannie. Dougal, una redada milagrosa que le enriqueciera con algún tesoro encerrado en una caja preciosa, que su buena suerte pudiese llevar intacta a la orilla del lago; y Jeannie pedía que pudiese olvidar a Trilby y no soñar más, súplica que su corazón no osaba confesar por completo y que pensaba meditar aún más al pie del altar antes de encomendarla sin reservas al juicio atento del santo protector.

Llegaron al cabo los peregrinos al atrio de la vetusta iglesia, donde los eremitas más viejos de la comarca recogían las ofrendas, daban refrescos a los peregrinos y les proporcionaban hospedaje para la noche. Desde lejos, la reluciente blancura de la frente del anacoreta, la majestad de su estatura elevada, que los años no habían inclinado, la gravedad de su actitud inmóvil y casi amenazadora, habían suscitado en Jeannie una reminiscencia en que se mezclaban el respeto y el terror. El eremita era el severo Ronald, el monje centenario de Balva.

—Esperaba verte por aquí —dijo, mirando a Jeannie con una atención tan penetrante que la infortunada no hubiera sentido una turbación mayor si en público la hubiesen acusado de un pecado—. Y a ti también, buen Dougal —prosiguió, bendiciéndolos—. Con razón habéis venido a buscar la gracia del cielo en la morada de Dios, y a pedirnos, contra los enemigos que os atormentan, el socorro de una protección que los pecados del pueblo han cansado tanto que no puede ser lograda sino con grandes sacrificios.

Esto diciendo, los había llevado al amplísimo refectorio; los demás peregrinos descansaban sobre las piedras del atrio, o se distribuían, según la devoción de cada uno, por las numerosas capillas de la iglesia subterránea. Ronald se persignó y se sentó. Dougal le imitó. Jeannie, poseída de una inquietud invencible, quiso distraer la atención obstinada del santo padre dejando que la suya errase sobre los nuevos objetos de curiosidad que se veían en aquel retiro desconocido. Observaba con vago interés la inmensa cintra de bóvedas antiguas, la majestuosa elevación de las pilastras, el trabajo atrevido y detallado de los ornamentos y el número considerable de retratos polvorientos que se sucedían encuadrados sobre el zócalo de madera. Por vez primera Jeannie entraba en una galería de pintura y sus ojos sorprendidos se maravillaban ante aquella imitación tan fiel de la figura del hombre, animada por la habilidad de cada artista con las pasiones de la vida. Maravillada, contemplaba la sucesión de héroes escoceses, tan diferentes de expresión y de carácter, que parecían perseguirla con los ojos de cuadro en cuadro, con emoción unos, con interés impotente o inútil ternura otros, y algunos con el sombrío rigor de la amenaza y con la mirada fulgurante de la maldición. Uno de ellos, al que el atrevido pincel del artista parecía haber adelantado la resurrección y al que una combinación de efectos y colores entonces poco conocida presentaba como fuera del lienzo, asustó de tal manera a Jeannie con la idea de que iba a salir de su marco dorado y cruzar la galería como un espectro, que se refugió temblorosa junto a Dougal y cayó aterrada en la banqueta que Ronald le ofreciera.

—Ese —dijo el monje, que no había cesado de conversar con Dougal— es el piadoso Magnus Mac-Farlane, el más generoso de nuestros protectores y por el que elevamos más plegarias. Indignado por la falta de fe de sus descendientes, y esta deslealtad prolongó por siglos las pruebas que ha de sufrir su alma, los persiguió, así como a sus partidarios y cómplices, hasta desde este retrato milagroso. Me han asegurado que nunca entraron en este recinto los amigos de los últimos Mac-Farlane sin que el piadoso Magnus dejara de salir del lienzo en que le fijó el pintor, para vengar en ellos el crimen y la indignidad de su descendencia. Los lugares vacíos que siguen a este cuadro, y que se guardaban para colocar en ellos los retratos de nuestros opresores, indican que fueron arrojados de aquí como lo fueran sus almas del cielo.

—Sin embargo —dijo Jeannie—, el último de esos lugares parece ocupado... En el fondo de la galería hay un retrato o una tela que lo cubre...

—Como os decía, Dougal —prosiguió el monje, sin prestar atención a la observación de Jeannie—, este retrato es el de Magnus Mac-Farlane, y a todos sus descendientes les alcanzó la maldición eterna.

—Sin embargo —insistió Jeannie—, he allí un retrato en el fondo de la galería, un retrato que no habría sido admitido en esta santa casa si la persona cuya imagen representa estuviese también castigado por la maldición eterna. ¿Será acaso que no perteneció a la familia de Mac-Farlane, como parece indicar la disposición del resto esta galería, cómo un Mac-Farlane...?

—La venganza divina tiene límites y condiciones —interrumpió Ronald—; seguramente ese joven tuvo algún intercesor entre los santos...

—¡Era joven! —exclamó la muchacha.

—¿Y qué? —dijo ásperamente el monje—. ¿Acaso importa la edad de un condenado?...

—Los condenados no tienen intercesores en el cielo —respondió vivamente Jeannie, precipitándose hacia el cuadro.

Dougal la retuvo y ella se sentó. Lentamente la sala iba llenándose de peregrinos que formaban un inmenso corro alrededor del venerable anciano, que reanudó su discurso donde lo había dejado.

—¡Verdad! ¡Verdad! —repetía, inclinando la frente y apoyándola en sus dos manos—. ¡Terribles sacrificios! Por nuestra intercesión no puede pedirse la protección del Señor sino para las almas que la quieran sinceramente, como nosotros, sin mezcla de doblez ni de debilidad. No todo está en sentir la obsesión de un demonio y pedir al cielo que os libre de él. ¡Hay también que maldecirle! ¿No sabéis que aún la caridad puede ser un gran pecado?

—¿Es posible? —respondió Dougal.

Jeannie volvió al lado de Ronald y le miró con más osadía que hasta entonces.

—¡Desgraciados de nosotros! —prosiguió el monje—. ¿Cómo podríamos resistir al enemigo empeñado en nuestra perdición si no empleásemos contra él todas las armas que nos dio la religión, todo el poder que puso en nuestras manos? ¿De qué nos serviría rogar siempre por los que nos persiguen, si ellos no cesan de renovar contra nosotros sus ardides y maleficios? Las disciplinas sagradas y los silicios rigurosos de los santos probados no nos defenderían por sí mismos contra las artes de los malos espíritus; hijos míos, sufrimos como vosotros y juzgamos lo cruel de vuestros combates por los que nosotros libramos. ¿Creéis que estos pobres monjes han realizado un recorrido tan largo sobre esta tierra tan rica en placeres, viviendo de un modo deliberado en austeridades y privaciones, sin luchar a veces contra el ansia de las voluptuosidades y contra el deseo de ese bien temporal que llamáis la felicidad? ¡Oh, que de sueños deliciosos no asaltaron nuestra juventud, qué de ambiciones criminales no atormentaron nuestra madurez, qué de lamentaciones amargas no adelantaron la blancura de nuestros cabellos, y cuán cargados de remordimientos no llegaríamos a la presencia de nuestro maestro si hubiéramos titubeado en armarnos de maldiciones y de venganzas contra el espíritu del pecado!...

Al llegar a estas palabras, el anciano Ronald hizo una señal y la multitud se alineó en un banco estrecho que recorría como una moldura todo el muro.

—¡Medid lo grande de nuestras aflicciones —siguió— por lo profundo de la soledad que nos rodea, por el inmenso abandono a que estamos condenados! Hasta los rigores más crueles de vuestros destinos no carecen de consuelo ni aun de placer. Todos vosotros tenéis un alma que os busca, un pensamiento que os comprende, un otro *vosotros* que se asocia con el recuerdo, con el interés o con la esperanza a vuestro pasado, a vuestro presente o a vuestro porvenir. No hay límites para vuestro pensamiento, ni espacio cerrado a vuestros pasos, ni criatura negada a vuestro afecto; mientras que toda la vida del monje, toda la historia del eremita en la tierra transcurre sobre el suelo solitario de la iglesia y de las catacumbas. En el largo correr de los años, invariablemente iguales entre sí, no hacemos sino cambiar de tumba, ir del coro de los sacerdotes al de los santos. ¿Y no creéis deber vuestro dar algo en trueque de esta devoción tan penosa y perseverante que mira a vuestra salvación? ¡Ay, hermanos, ahora sabréis cuánto agrava de día en día lo áspero de nuestra penitencia el mismo celo que ponemos en vuestros intereses espirituales! ¡Sabed que no nos bastaba con estar sometidos, cual todos los mortales, a los demonios del corazón, de los que ningún hijo de Adán pudo rechazar los ataques! Ahora hasta los espíritus más desgraciados, hasta los duendecillos más oscuros disfrutan del placer maligno de turbar los cortos instantes de nuestro descanso y destruir la paz tanto tiempo inviolable de nuestras celdas. Algunos de los trasgos ociosos, más desde que con tanta fatiga y rezos los hemos expulsado de nuestras celdas, se vengan cruelmente de nosotros abusando del poder que perdimos sobre ellos por un exorcismo indiscreto. Al arrojarlos del escondrijo que usurparan en vuestras casas omitimos señalarles un sitio fijo donde cumplieran su destierro, así que solo las casas de que se los arrojó se ven exentas de sus injurias. ¿Creéis que se ven libres de ellos los lugares consagrados y que esta cohorte infernal no espera hasta en el momento en que os hablo que venga la noche para invadir en densos torbellinos los artesonados de estos claustros?

»Hace poco tiempo, y cuando el ataúd que encerraba el cuerpo de un pobre hermano nuestro casi llegaba al suelo de la cripta, se rompió de pronto la cuerda, silbando como una risa aguda, y el féretro cayó, chocando con estrépito de escalón en escalón bajo las bóvedas. Las voces que se oyeron semejaban voces de muertos irritados porque se turbaba su reposo, que gemían, que gritaban, que increpaban. Los presentes más próximos a la cripta, los que comenzaban a mirar hacia aquellas profundidades, creyeron ver abrirse los sepulcros, flotar los sudarios y moverse los esqueletos, que por artificio de los duendes salían por los respiraderos, caminaban por las naves, se agrupaban en confuso tropel sobre las sillas del coro y se confundían como figuras espantables en las sombras del santuario. En aquel momento todas las luces de la iglesia... ¡Oídme!»

Apretujábase la muchedumbre para oír mejor a Ronald; solo Jeannie, que acariciaba con los dedos su cabellera, escuchaba sin entender nada.

—Oíd, hermanos míos, y decidme cuál pecado secreto, qué asesinato, cuál traición, qué adulterio de acción o de pensamiento pudo atraer sobre nosotros aquella calamidad. Todas las luces de la iglesia se apagaron. Las antorchas de los acólitos —continuó Ronald— lanzaban llamas fugitivas que se acercaban, se alejaban y danzaban en rayos azulados y temblorosos, como los fuegos mágicos de las brujas, y después subían hasta perderse en los oscuros rincones de las naves y de las capillas. En fin, hasta la lámpara inmortal del Santo de los Santos... ¡Yo la vi agitarse y morir! ¡Morir! ¡La noche entera, profunda, se hizo en la iglesia, en el coro y en el tabernáculo! ¡La noche bajó por vez primera sobre el sacramento del Señor! ¡La noche, húmeda, oscura, temible, espantosa, reinó en nuestra basílica, aquí donde se promete el día eterno!... Aturdidos, nuestros monjes se perdían en las inmensidades del templo, agrandadas aún más por la negrura de las tinieblas; y engañados por los muros, que les negaban por doquiera la salida estrecha y olvidada, engañados por la confusión de sus voces quejumbrosas, que agrandadas por los ecos llegaban a sus oídos como estruendos de amenaza y de terror, huían espantados, oyendo como clamores y gemidos de las tristes figuras yacentes de los sepulcros, que lloraban en sus lechos de piedra. Uno de los hermanos sintió que la mano helada de san Duncan se abría, se extendía y se cerraba sobre la suya, sujetándola al monumento con eterno apretón. Al día siguiente se le encontró muerto. El más joven de los hermanos (que había llegado hacía poco y del que no conocíamos todavía el nombre ni la familia) abrazó con tal fuerza la escultura de una santa, esperando que le socorriera, que la hizo caer y lo aplastó. Como sabéis, esa imagen es obra de un buen escultor del país y representa a la virgen del Lothian, que murió de dolor porque la separaron de su prometido. Tantas desgracias —prosiguió Ronald, queriendo atraer la mirada inmóvil de Jeannie— son quizás el efecto de una compasión indiscreta, de intercesión involuntariamente criminal, de un pecado, de un solo pecado de intención.

—¡De un solo pecado de intención! —exclamó Clady, la más joven de las hijas de Coll Cameron.

—¡De uno solo! —repitió impaciente Ronald.

Jeannie, tranquila y sin poner atención en lo que ocurría, ni aun había suspirado. El incomprensible misterio del retrato cubierto por una tela llenaba toda su alma.

—Acabemos —dijo Ronald, levantándose y dando a sus palabras una expresión solemne de exaltación y de autoridad—; hemos señalado el día de hoy para arrojar de toda Escocia a todos los espíritus malignos mediante una imprecación irrevocable.

—¡Irrevocable! —murmuró una voz gemebunda que se alejó poco a poco.

—¡Irrevocable si es libre y general! Cuando el grito de maldición resuene en el altar, si todas las voces lo repiten...

—¡Si todas las voces repiten el grito de maldición en el altar! —dijo la voz.

Jeannie marchaba hacia el extremo de la galería.

—Entonces todos los diablos y los malos espíritus se hundirán para siempre en el abismo.

—¡Amén! —dijo la multitud.

Y siguió en masa al terrible enemigo de los duendecillos. Los demás monjes, o más tímidos o menos severos, se habían alejado temerosos de la cruel ceremonia, porque, como ya dijimos, los duendecillos de Escocia, cuya condenación eterna no era verdad averiguada por la creencia popular, inspiraban más inquietud que odio, y corría el rumor de que algunos de ellos desafiaban los rigores del exorcismo y del anatema, en la celda caritativa de un solitario o en la hornacina de algún apóstol. En cuanto a los pastores y pescadores, nada malo tenían que decir de los inteligentes familiares tan despiadadamente condenados; mas poco sensibles al recuerdo de los beneficios pasados, se unían gustosos a la cólera de Ronald y no vacilaban en proscribir al enemigo desconocido, del que solo bienes habían recibido.

La historia de la expulsión del pobre Trilby era desde luego sabida de todos los vecinos de Dougal y en sus veladas las hijas de Coll Cameron solían decirse que acaso al duendecillo debía Jeannie muchos de sus éxitos en las fiestas del clan y Dougal aquellas pescas fabulosas que superaban a las de su padre y a las de sus novios. ¿Acaso Maineh Cameron no había visto con sus ojos al mismo Trilby sentado en la proa de la barca, arrojando a manos llenas miles de peces azules en las manos vacías del pescador dormido, y también despertar a este golpeando en el barco con el pie y alejarse de onda en onda hasta la orilla sobre las espumas de plata?...

—¡Maldición! —gritó Maineh.

—¡Maldición! —gritó Feny.

«¡Ah! —pensó Clady—. Para ti solo es Jeannie quien tiene encantos y belleza, y por ella, fantasma de mis sueños, al que tanto amé, me abandonaste, y si la maldición lanzada contra ti no se cumple y quedas libre para vivir en cualquiera cabaña de Escocia, ¿escogerás para siempre la de Jeannie? ¡No, no, en verdad!»

—¡Maldición! —repitió Ronald con voz terrible.

Le era imposible a Clady pronunciar la palabra, pero volvía Jeannie tan bella de emoción y de amor que ya no vaciló:

—¡Maldición! —dijo Clady.

Únicamente Jeannie había estado ausente durante la ceremonia, pero con tantas impresiones vivas y hondas desarrolladas en tan pocos momentos nadie, menos Clady, pudo advertir su ausencia. Clady, que pensaba que mujer alguna, salvo Jeannie, la igualaba en belleza. Recordemos que una irreprimible curiosidad arrastró a Jeannie hacia el extremo de la galería de cuadros precisamente cuando el viejo monje persuadía a sus creyentes a cumplir el tremendo deber que le inspiraba su piedad. No bien la turba salió de la sala, cuando la muchacha, trémula de impaciencia y acaso preocupada a su pesar por algún otro sentimiento, se lanzó al cuadro oculto, arrancó la cortina que lo tapaba y de una sola mirada reconoció los rasgos con que había soñado.

—¡Era él! Conocía la cara, los ropajes, el escudo, las armas y hasta el nombre mismo de Mac-Farlane. El pintor había trazado con letra gótica debajo del retrato, según los usos de su tiempo, el nombre del personaje representado:

John Trilby Mac-Farlane

—¡Trilby! —exclamó aturdida Jeannie, y como una centella cruzó la galería, salas, peldaños, claustros y atrios, y cayó al pie de la tumba de san Colomban, en su altar, precisamente cuando Clady, temblando aún por el sacrificio que acababa de realizar, hacía coro al clamor de maldición—. ¡Caridad! —gritó, abrazada a la tumba sagrada—. Amor y caridad —repitió con voz apagada.

Y si a Jeannie le hubiera faltado valor para pedir caridad, la imagen de san Colomban habría bastado para reanimar este sentimiento en su corazón. Sin haber contemplado la imagen sagrada del patrono del monasterio no se puede tener idea de la faz divina con que los ángeles animaron el lienzo milagroso, porque todo el mundo sabe que aquella pintura no fue trazada por la mano de un hombre, sino por un espíritu bajado del cielo mientras el artista dormía sin darse cuenta, para embellecer con un sentimiento de piedad y de caridad desconocidos en la tierra los trazos angélicos del bienaventurado. De todos los elegidos del Señor, solo san Colomban tenía triste la mirada y amarga la sonrisa, ya porque hubiese dejado en la tierra algún objeto tan querido que ni aun los goces inefables prometidos a una eternidad de gloria y de dicha le hubieran hecho olvidar, o ya porque, harto sensible a las penas de la humanidad, no concibiera en su nuevo estado sino el dolor inenarrable de ver a los desgraciados que le sobrevivieron expuestos a peligros y a angustias que él no podía remediar ni consolar. En efecto, esta debe de ser la única aflicción de los santos, o bien que los sucesos de su vida los hayan unido por azar a los destinos de alguna criatura perdida por toda la eternidad, a la que no volverán a encontrar jamás. Los destellos de luz dulcísima que despedían los ojos de san Colomban, la benevolencia sin límites que expresaban sus labios palpitantes de vida, los efluvios de amor que descendían de él disponiendo el corazón a una religiosa ternura daban aún mayor firmeza a la resolución tomada por Jeannie, que con el pensamiento, y cada vez con mayor vehemencia, repetía: «Amor y caridad».

«¿Con qué derecho —se decía— he de pronunciar yo una maldición? ¡Ah! No fue a una débil mujer, no fue a nosotros a aquellos a quienes el Señor confió el cuidado de sus tremendos castigos... ¡Tal vez no se venga jamás! Y si tiene enemigos a quien castigar (Él, que no tiene enemigos a quienes temer), de cierto que no será a criaturas débiles, expuestas a pasiones ciegas, a las que haya confiado el ministerio de administrar su terrible justicia. ¡Si algún día ha de ser Él quien juzgue hasta nuestros pensamientos!..., ¿cómo, ¡ay!, le podría yo implorar perdón para sus faltas, reveladas por testimonios a los que no podré contradecir, si yo misma, por faltas que no conozco, por faltas que quizá no se cometieron, lanzo la inexorable maldición que se me pide contra algún infortunado que sin duda sufrió ya un castigo severo en extremo?»

Al llegar aquí Jeannie se asustó de sus pensamientos, y sus miradas se elevaron temerosas a la imagen de san Colomban; pero segura de la pureza de sus sentimientos, porque el interés invencible que sentía por Trilby no la hizo olvidar ni un solo instante que era la esposa de Dougal, fijó su mirada y su pensamiento en el incierto pensamiento del santo de las montañas. Un tenue rayo del sol poniente, que atravesaba los altos vitrales y llegaba al altar pleno de colores limpios y brillantes por medio del pincel animado del crepúsculo, ponía en el bienaventurado una sonrisa más tranquila, una serenidad más inefable, una placidez más dichosa. Jeannie pensó que san Colomban estaba contento de ella y, traspasada de gratitud, besó fervorosa las losas de la capilla y las gradas del sepulcro, repitiendo sus anhelos de caridad. Hasta es posible que hubiese en sus labios una súplica que no podría realizarse en la tierra. ¿Quién podrá jamás penetrar los secretos de un alma tierna, y quién apreciar la abnegación de una mujer que ama?

El viejo monje, que no perdía de vista a Jeannie, y que, satisfecho de su devoción, tenía por cierto que ella había respondido a su conjuro, la levantó del suelo sagrado y la entregó a los cuidados de Dougal, que estaba disponiendo el regreso, imaginándose ya en posesión de las prosperidades que le produciría el buen resultado de la peregrinación y la protección de los santos de Balva.

—A pesar de todo —dijo a Jeannie cuando divisaron su choza—, no puedo ocultar que me costó trabajo pronunciar la maldición y que necesito distraerme con la pesca.

En cuanto a Jeannie, nada tenía que decir ni nada podía distraerla de sus recuerdos.

La tarde siguiente a cierto día en que la batelera llevó hasta cerca del golfo de Clyde a la familia del laird de Roseneiss, volvía por el extremo del lago Long, dejando que su barquilla, llevada por la marea, surcara las aguas en medio de las sirtes[33] de Argail y de Lennox, sin fatigarse con el empleo del remo, manteniéndose erguida sobre la navecilla estrecha y obediente, dejan-

33 Nombre que designa a los bancos de arena movediza. [T.]

do que el viento moviera su caballera negra y abundosa, de la que se envanecía, y desnudo el cuello blanquísimo que el sol había débilmente dorado sin marchitar y que surgía con un esplendor singular bajo su vestido rojo salido de las manufacturas de Ayir. Su pie desnudo, apoyado sobre uno de los costados de la frágil barquilla, le imprimía apenas un débil balanceo, que las ondas agitadas acompasaban, y la marea, como excitada por esta resistencia, tornaba, burbujeando, y se elevaba hasta el pie de Jeannie y lo ceñía con su espuma fugitiva. Estábamos aún en la estación fría, mas aquella tarde la temperatura era dulce y Jeannie gozaba de una de las jornadas más bellas que recordara. Los vapores que de ordinario se levantan de las aguas del lago se extendían por delante de las montañas como una redecilla de tenue muselina y poco a poco se iban ensanchando sus mallas nebulosas. Las que el sol no había disipado aún se columpiaban hacia occidente como una trama de oro fino que las hadas del lago hubiesen tejido para ornato de sus fiestas. Otras centelleaban como puntitos aislados, inquietos, deslumbradores, como lentejuelas arrojadas sobre un fondo transparente de colores maravillosos. Había nubecillas húmedas donde el anaranjado, el amarillo y el verde apagado luchaban, según el rayo de luz que las hería, con el azur, la púrpura y el violeta. Al desvanecerse la bruma errante, porque una depresión de la costa daba libre paso al viento de través, todo se confundía en un matiz tan indefinido que no tiene nombre posible, que sorprendía la imaginación con sensaciones tan nuevas que podría creerse que adquiríamos un sentido más; y durante estas mudanzas los aspectos varios de las riberas se sucedían unos a otros a los ojos de la viajera. Había cúpulas inmensas aureoladas por el sol poniente con rayos transparentes como el cristal, otras de un gris mate como el hierro fundido, las más alejadas al oeste se cernían como coronas de un rosa vivo que al descender palidecían poco a poco por las pendientes nevadas de la montaña, hasta morir en su base con tinieblas débilmente coloreadas. Veíanse cabos de un negro sombrío que semejaban escollos inevitables, que retrocedían ante la proa de la barca y descubrían anchas bahías propicias a los nadadores. El escollo temido escapaba, y después todo se embellecía y era segura una navegación feliz. Jeannie vio a lo lejos las barcas errantes de los pescadores más renombrados del lago Goyle. Miró un momento las endebles fábricas de Porticample y contempló, con una emoción que se renovaba cada día, sin decrecer jamás, el grupo incontable de cimas que se perseguían, se apretaban y se confundían hasta no distinguirse unas de otras sino efectos inesperados de luz, y más en aquella estación, en que las cubría el manto monótono de las nieves y también la seda argentada de los esfanos y el mármol oscuro de los granitos, y hasta las escamas nacaradas de los arrecifes. Tales eran la pureza y transparencia del cielo que creyó divisar a su izquierda las cimas del Ben More y del Ben Neathan; a su derecha, la áspera punta del Ben Lomond, distinta por los salientes que la nieve no ocultaba y erizando con crestas pronunciadas la calva cabeza del rey de las montañas. El fondo de este panorama recordaba a Jeannie una tradición muy conocida en el país, y que su imaginación, abierta más que nunca a las emociones vivas y a lo sobrenatural, se representaba bajo un aspecto nuevo. Desde la orilla misma del lago sube hasta el cielo la masa enorme del Ben Arthur, coronada por dos peñones negros de basalto, uno de los cuales parece inclinarse sobre el otro como el obrero que deposita en una altura los materiales precisos para el trabajo cotidiano. Estas piedras colosales se trajeron de las canteras de la montaña donde reinaba Arthur el gigante, cuando hombres atrevidos llegaron a las orillas del

Forth y levantaron las murallas de Edimburgo. Arthur, expulsado de sus ingentes soledades por la inteligencia de un pueblo temerario, se abrió paso hasta las riberas del lago Long y sobre la montaña más alta que encontró puso los cimientos de su palacio selvático. Sentado en el peñón más bajo y apoyada la cabeza en el más alto, contemplaba furioso las impías murallas que le usurpaban sus dominios y le alejaban para siempre de la dicha y aun de la esperanza de lograrla, porque se dice que sentía amores no correspondidos por la reina misteriosa de aquellos lugares, una de las hadas a quien los antiguos llamaban ninfas y que moraba en grutas encantadas alfombradas de flores del mar y alumbradas por los fulgores de perlas y carbunclos del océano. ¡Pobre del barco aventurero que desfloraba las aguas inmóviles del lago cuando el largo cuerpo del gigante, impalpable como la bruma de la tarde, se levantaba súbitamente entre los dos peñones de la montaña, apoyaba los pies disformes sobre las cimas desiguales y movía con los vientos sus brazos tenebrosos, abarcando todo el horizonte y rodeándolo! No bien su manto de nubes mojaba los pliegues más bajos en el lago, lanzaban un relámpago los ojos espantosos del espectro, o de su boca salía un mugido semejante al trueno, y las aguas, arremolinadas, inundaban y destrozaban las riberas. Su aparición, temida por los pescadores, había hecho que fuese abandonada por completo rada tan rica y risueña como la de Arroqhar, cuando he aquí que un día llegó un pobre ermitaño cuyo nombre se ha olvidado. Venía de los tempestuosos mares de Irlanda, solo, aunque en apariencia, porque le acompañaban la fe y la caridad, y venía en frágil esquife empujado por un poder irresistible, que surcaba tranquilo las olas alborotadas sin que el santo padre a quien conducía lo ayudara ni de timón ni de remos. Arrodillado en el barquichuelo, tenía en las manos un crucifijo y miraba al cielo. Cuando llegó al término de su viaje, se levantó digno, arrojó agua bendita sobre las olas embravecidas y habló al gigante con palabras de una lengua desconocida. Se cree que en nombre de los apóstoles que acompañaron al Salvador, que eran pescadores y barqueros, le ordenó que devolviese a los bateleros del lago Long el tranquilo disfrute de las aguas que les diera la Providencia. En el mismo instante el espectro amenazador se disipó en vedijas ligeras cual las que el soplo de la brisa matinal esparce sobre las ondas, y a las que de lejos se tomaría por nubes de edredón arrancado a los nidos de las grandes aves de las riberas. Todas las aguas del golfo vieron aplanadas su vasta superficie; las olas mismas que se elevaban blanquecinas contra la playa no descendieron: perdieron su fluidez sin perder la forma y el aspecto; y la mirada aun se equivoca con aquellos contornos redondeados, aquellos tonos azulados, aquellos cambiantes reflejos de escollos que erizan la costa, a las que se confunde de lejos con bancos de espumas, aunque jamás volverán a su movilidad. Después el santo anciano subió su barca a la arena, dejándola allí, quizá con la esperanza de que se adueñase de ella algún pobre hombre de las montañas; abrazó el crucifijo, estrechándole sobre su pecho, y subió el áspero sendero abierto entre las rocas hasta llegar a la celda que los ángeles habían edificado para él en un lugar al que no llega con su vuelo ni el águila blanca. Muchos anacoretas le siguieron en estas soledades, diseminándose poco a poco acá y allá por los campos vecinos. Estos fueron los orígenes del monasterio de Balva, y también el del tributo pagado a los monjes por la gratitud de los jefes del clan Mac-Farlane, gratitud olvidada harto pronto. Y ahora es fácil comprender por cuál enlace secreto la historia de este antiguo conjuro y de las consecuencias de él, tan conocidas del pueblo, se relacionaba con los pensamientos de Jeannie.

En esto, las sombras de una noche temprana, como de aquella estación en que el reinado del sol dura pocas horas, comenzaban a subir desde el lago, a las alturas que lo rodean, a velar aun las cimas más altas. El cansancio, el frío y hasta el ejercicio de una prolongada contemplación o de una estación seria habían amenguado las fuerzas de Jeannie, que, sentada por un cansancio inexplicable en la popa de su barca, la dejaba derivar por el lado de los prados de Argail hacia la cabaña de Dougal, y casi estaba dormida cuando una voz que venía de la orilla opuesta le anunció un pasajero. Solo la compasión que inspira el hombre perdido en una orilla donde no viven la mujer y los hijos, que le esperan horas y horas angustiados, creyendo que llega a cada momento, y engañándose si el barquero cerró sus oídos a la llamada; el interés que en las mujeres suscitan el enfermo, el extraviado, el niño abandonado o perdido pudo obligar a Jeannie a luchar contra el sueño que la vencía y volver la proa, tanto tiempo combatida por las aguas, hacia los juncos marinos que bordean el ancho golfo de las montañas.

«¿Quién le obliga a atravesar el lago a estas horas —se decía— si no es la necesidad de huir de un enemigo o bien de unirse a los que le esperan? ¡Oh, que aquellos que esperan a quien aman no se vean jamás defraudados en su esperanza; que logren lo que tanto desean!...»

Y la marcha serena y rápida del barco aumentó con el impulso del remo de la muchacha azotando el agua. Seguían oyéndose los gritos, pero con voz tan fina y temblorosa que más parecían lamentos de fantasma que voz de criatura humana, y los párpados entornados de Jeannie para ver más en la penumbra, fija la mirada en el horizonte, nada viviente veía que animase la profunda inmovilidad. Si desde luego creyó atisbar una figura que tendía los brazos suplicantes hacía el lago, no tardó en persuadirse de que el pretendido extranjero no era mas que el tronco de un árbol muerto cuyas ramas secas se movían. Si por algunos instantes le pareció que una sombra destacada de las brumas corría hacia su barca, llegando a tocarla, era la suya proyectada sobre la gasa flotante por el crepúsculo y que iba confundiéndose con las tinieblas de la noche. Al fin su remo tocó los tallos silbantes de las mimbreras de la orilla, y entonces vio en ella a un viejecito tan encorvado por el peso de los años que se hubiera dicho que su cabeza buscaba el sostén de sus rodillas y que se mantenía en equilibrio apoyándose en frágil junco, que sin embargo sostenía firme, porque aquel viejecito era enano, y por las trazas, el más pequeño que se hubiera visto en Escocia. La sorpresa de Jeannie creció cuando aquel, por caduco que pareciera, se lanzó rápido a la barca y se colocó frente a la batelera de un modo que no carecía ni de agilidad ni de gracia.

—Padre mío —dijo Jeannie—, no os pregunto a dónde queréis ir porque supongo que el sitio a que vais está muy lejano para que podáis llegar a él esta misma noche.

—Estáis equivocada, hija mía —respondió el viejecito—. Jamás estuve más cerca que ahora, y desde que me siento en esta barca me parece que llegué, aun cuando los hielos la mantuvieran inmóvil eternamente en este lugar del golfo.

—Es extraño —replicó Jeannie—. Un hombre de vuestra estatura y de vuestra edad ha de ser muy conocido en el país donde viva, y salvo que seáis el hombrecillo de la isla de Man, del que oí hablar a mi padre, el mismo que enseñó a los habitantes de estos lugares a tejer con juncos cestos larguísimos de los cuales los peces, sujetos sin duda por algún poder mágico, no saben salir, aseguro que vuestra casa está en las costas del mar de Irlanda.

—¡Oh, querida niña, tengo mi morada muy cerca esta orilla, mas se me arrojó cruelmente de ella!

—Si es así, comprendo, buen anciano, cuál es el motivo de que volváis a las tierras de Argail. Y de cierto habéis dejado aquí recuerdos muy tiernos para que con este tiempo y a estas horas hayáis cambiado las alegres orillas del lago Lomond, donde hay tan bellas casas, donde abunda un pescado más gustoso que el de nuestras aguas marinas y dónde se bebe un whisky más saludable para vuestra edad que el de nuestros pescadores y marineros. Para volver aquí, es preciso querer de veras a alguien que viva en esta región de las tempestades, estos sitios que aun las mismas serpientes dejan cuando se acerca el invierno. Impetuosas, se deslizan hacia el lago Lomond, cruzando las aguas en desorden como clan de merodeadores que cobra el impuesto negro, y se refugian bajo algunos peñones que miran al mediodía. Solo los padres, los esposos y los enamorados no temen los rigores ni los peligros cuando van en demanda del objeto de sus ansias; pero sería una locura que pensaseis alejaros esta noche de las orillas del lago Long.

—No es tal mi propósito —dijo el desconocido—. ¡Antes preferiría morir cien veces!

—Aunque Dougal no es espléndido —prosiguió Jeannie, que no abandonaba sus pensamientos y no puso mucha atención a las interrupciones del pasajero—, aunque tolere —y lo dijo con cierta amargura— que la mujer y las hijas de Coll Cameron, que están peor que nosotros, vayan más adornadas que yo a las fiestas del clan, siempre hay en la choza un pan de avena y leche para los viajeros; y más me agradará que seáis vos quien beba de nuestro buen whisky y no ese viejo monje de Balva, que no llegó a nosotros sino para hacernos daño.

—¿Qué me decís, hija mía? —respondió el viejo afectando la mayor de las sorpresas—. Precisamente es a la choza de Dougal el pescador adonde me encamino. ¡Allí es —exclamó haciendo aún más trémula su voz— donde he de volver a ver a cuanto amo, si no me engañaron con señas falsas! ¡La fortuna me favorece haciendo que encontrase este barco!...

—Ya comprendo —dijo sonriente la muchacha—. Doy las gracias al hombrecillo de la isla de Man. ¡Siempre fue amigo de los pescadores!

—¡Ay, yo no soy el que presumís! Es otro el sentimiento que me lleva a vuestra casa. Sabed, linda señora, porque la luz boreal que baña la cima de los montes, las estrellas que brillan en el cielo con luz lechosa, los surcos luminosos de las aguas del golfo que arrancan destellos a vuestro remo, la claridad que nos circunda y llega hasta la barquilla me hacen ver que sois muy bella; sabed, digo, que soy el padre de un trasgo que habita en la casa del pescador Dougal, y si creo lo que me contaron, si creo, sobre todo, lo que me dicen vuestra cara y vuestras palabras, comprendo bien, aun con mis años, que no haya elegido otra morada. Hace pocos días que lo supe, porque yo no sé nada del pobre niño desde el reinado de Fergus.[34] Es esta una historia que ahora no es ocasión de relataros, porque estoy impaciente. Estamos ya en la orilla.

Jeannie hizo retroceder a la barquilla e inclinó atrás su cabeza, llevándose una mano a la frente.

—¿Por qué —preguntó el viejo— no desembarcamos?

—¡Desembarcar! —respondió sollozando la muchacha—. ¡Desgraciado padre! ¡Trilby ya no está aquí!

—¿Que no está aquí? ¿Y quién le echó? Jeannie, ¿habréis sido capaz de abandonarle a los malditos monjes de Balva, que tantos males nos ocasionaron?...

34 Fergus fue uno de los primeros reyes de Escocia, a mediados del siglo IV de nuestra era. [E.]

—Sí, sí —dijo Jeannie con acento desesperado, haciendo que el barco retrocediera de la orilla de Arroqhar—. ¡Sí, soy yo quien le ha perdido… quien le ha perdido para siempre!…

—¿Vos, Jeannie, vos tan encantadora, tan buena? ¡Pobre criatura! ¡Cuán culpable debió ser para concitar vuestro odio!...

—¡Mi odio! —repuso Jeannie, dejando caer la mano sobre el remo y apoyando su frente en la otra mano—. ¡Solo Dios sabe cuánto lo quería!...

—¡Tú le querías! —gritó Trilby cubriendo de besos los brazos de la muchacha (porque el viajero misterioso no era otro que el mismo Trilby, y me duele confesar que si el lector experimenta algún placer con este descubrimiento no es seguramente el de la sorpresa)—. ¡Tú le querías! ¡Ah, dilo otra vez! ¡Atrévete a decírmelo a mí, porque lo que a mí me digas será o mi perdición o mi salvación! ¡Acógeme, Jeannie, cual a un amigo, a un enamorado, como si fuese tu esclavo, tu huésped, por lo menos como acogiste al menos a este pasajero desconocido! ¡No niegues a Trilby un escondrijo en tu cabaña!...

Al decir todo esto el duendecillo se había despojado de su extraño disfraz, que la víspera copiara de los

Shoupeltins de las Shetland. Dejó que la marea se llevara su cabellera de cáñamo y sus barbas de musgo blanco, su collar de hierbajos marinos, adornado de trecho en trecho con conchas de varios colores, y hasta un cinturón fabricado con la corteza argentada de un abeto. Ya no era mas que el espíritu errátil del hogar, pero la oscuridad daba a su figura una vaguedad que no hacía recordar a Jeannie sino como algo remoto los singulares presagios de sus últimos sueños, las seducciones de aquel enamorado peligroso de los ensueños que llenaban sus noches con ilusiones tan hechiceras cuanto temibles, que le hacía recordar también el cuadro misterioso de la galería del monasterio.

—¡Sí, Jeannie mía —murmuraba en voz tan dulce y suave como la brisa acariciante que suspira por las mañanas en el lago—, llévame al lar, donde podré verte y oírte; al modesto rinconcillo de la ceniza que mueves para atizar las brasas; al tejido de mallas invisibles que hay en las ennegrecidas y vetustas vigas del techo, en el que haré una hamaca para las noches del estío! ¡Ah!, y si lo quieres, Jeannie, no te importunaré más con mis caricias, ni te dirá que te quiero, ni rozaré tus vestidos aun cuando la corriente del aire y de las llamas los traigan hacia mí. Si alguna vez oso tocarlos, será para alejarlos del fuego cuando te duermas al hilar. Menos aún te pido, Jeannie, ya que no atiendes mis súplicas, déjame un rinconcillo del establo; con esto no más sería dichoso, besaría la lana de tu cordero porque sé que tu mano gusta de acariciarlo; trenzaría florecillas perfumadas para hacerle una guirnalda en el pesebre, y cuando pusieses paja fresca en el establo yo la pisaría con más orgullo y sintiendo delicias mayores que si fuese una alfombra de rosas; yo diría tu nombre bajo, muy bajito, «¡Jeannie, Jeannie!...», y nadie me oiría, ni aun la carcoma que taladra las vigas con intervalos mesurados y cuyo reloj de muerte es el único que interrumpe el silencio de la noche. Todo cuanto anhelo es estar allí, respirar el aire que tocó al aire que tú respiras, el aire que conserva las huellas de tu paso, el aire que recibió tu aliento, el aire que acarició tus labios, el aire que atravesaron tus miradas, el mismo que te hubiera acariciado con ternura si la naturaleza inanimada gozase de iguales privilegios que la nuestra y sintiese y amase.

Notó Jeannie entonces que se había alejado mucho de la orilla, mas Trilby, comprendiendo su inquietud, quiso tranquilizarla colocándose en el extremo del barco.

—¡Ea! Jeannie —dijo—, sube sin mí a la ribera de Argail, donde no puedo llegar sin el consentimiento que me niegas. Abandona al pobre Trilby en su destierro, donde vivirá condenado al eterno dolor de haberte perdido. ¡Para él esta pena será más llevadera si le miras al despedirle! ¡Mas, pobre de mí, cuán negra es la noche!...

Un fuego fatuo brilló sobre el lago.

—¡Así! —exclamó Trilby—. ¡Gracias, Dios mío! ¡Cuán bien pagada está la maldición.

—¡Oh, no —dijo Jeannie—, yo no contaba con esta luz inesperada, Trilby, y si mis ojos se encontraron con los vuestros...! Si habéis leído en ellos la expresión de un consentimiento del que en verdad no preví las consecuencias, bien sabéis que la sentencia espantosa de Ronald tiene otra condición: es necesario que sea el mismo Dougal quien os lleve a la choza. Y esto sin contar con que no convenga a vuestra felicidad la negativa de él y la mía. Trilby, más que amado sois adorado de las nobles señoras de Argail, y en sus palacios habréis encontrado...

—¡Los palacios de las nobles damas de Argail! —replicó vivamente Trilby—. ¡Oh! Desde que dejé la cabaña de Dougal, y ello fue en la estación más rigurosa del año, mis pies no hollaron la morada de un humano, y ni una sola vez calentaron las llamas de un hogar mis dedos agarrotados; sentí frío, Jeannie, y ¡cuántas veces, fatigado de tiritar junto a las orillas del lago, entre las ramas de arbustos sin hojas que se inclinaban bajo el peso de la escarcha, me elevé saltando hasta la cima de los montes para dar algún calor a mis miembros transidos! ¡Cuántas veces me envolví en las nieves recién caídas y rodé con ellas en los aludes, aunque dirigiendo a estos de modo que no dañasen las casas, que no estropeasen los cultivos, que no hiciesen mal a ningún ser viviente! ¡Un día vi caer una roca en la que alguien había grabado el nombre de mi madre; conmovido, desvié aquel estrago y caí con la roca a un abismo de hielo donde jamás se había sentido ni aun el hálito de un insecto! Y cuando el cormorán, irritado porque una cubierta de muros de hielo le negaba el tributo ordinario de la pesca, le cruzaba graznando impaciente para buscar presa más fácil en el Firth de Clyde o en el Sund del Jura, y luego trepaba animoso al nido escarpado del ave viajera, sin más cuidado que el de verla regresar pronto, y me calentaba entre sus polluelos, harto pequeños para acompañar a sus padres en sus viajes al mar; y estos polluelos, familiarizados con el huésped furtivo, que solía llevarles algún regalo, se apartan a mi llegada para dejarme un huequecito entre ellos sobre el tibio y suave plumón. O bien imitando al industrioso musgaño, que se labra una habitación bajo tierra para pasar el invierno, apartaba el hielo y la nieve en algún rincón de la montaña acariciado por los rayos del sol saliente, levantaba cuidadoso las cortinas de los musgos viejos, que desde hacía largos años blanqueaban la peña, y cuando llegaba a la última capa de ellos me envolvía cual un niño en sus mantillas y dormía amparado contra el viento de la noche por mis alfombras de terciopelo, feliz sobre todo cuando adivinaba que tú pasaste por allí para pagar los diezmos de grano y de pescado. Y estos fueron, Jeannie, los palacios en que habité y las espléndidas acogidas que recibí desde que nos separamos: el escondrijo de un escarabajo friolento a quien incomodé sin darme cuenta de ello; o la guarida en que la gaviota, espantada por la tempestad, buscaba refugio; o el hueco de algún sauce centenario, socavado por el tiempo y por el fuego, cavidad llena de cenizas que marcan el refugio habitual de los contrabandistas que en él se ocultan. ¿Cruel, estas son las dichas que tú me echas en cara? Mas, ¿qué digo? ¡Oh, estos tiempos de penas tuvieron también alegrías! Aunque me estuviese vedado hablarte y hasta acercarme a ti sin tu consentimiento, yo seguía con la mirada tu barca, y otros duendecillos, no tan cruelmente castigados como yo, compadecidos de mis penas, me llevaban a veces un hálito de tus suspiros. Si la brisa vespertina arrancaba de tu cabellera la tenue brizna de una flor otoñal, algún amigo piadoso la llevaba en sus alas hasta la roca solitaria cercada de bramas errantes donde yo estaba escondido y la dejaba caer sobre mi corazón… Un día, ¿te acuerdas?, el nombre de Trilby había expirado en tus labios; un duendecillo lo recogió y vino a hechizar mis oídos con el rumor de aquella apelación involuntaria. En aquel momento lloraba pensando en ti, y mis lágrimas de dolor se trocaron en lágrimas de alegría... ¿Y habría de ser cerca de ti donde hubiese de recordar estos consuelos de mi destierro?

—Vamos a ver, Trilby —dijo Jeannie, que trataba de vencer la emoción que sentía—. Creo que acabáis de decirme o de recordar que os está prohibido hablarme y aproximaros a mí sin licencia mía. Tal fue en verdad la sentencia pronunciada por el monje de Balva. ¿Cómo puede ser que estéis aquí, en mi barco, cerca de mí, conocido por mí y sin mi licencia?...

—Jeannie, perdonadme que os lo repita, porque ello herirá a vuestro corazón... ¡Habéis dicho que me queréis!

—Alucinación o flaqueza, aturdimiento o compasión, lo he dicho —respondió la batelera—; mas hasta ahora creí que el acceso al barco os estaba tan vedado como el acceso a la cabaña...

—¡Harto lo sé! ¡Cuántas veces os invoqué en vano: el viento se llevaba mis lamentos y no llegaban a vuestros oídos!

—Entonces, ¿cómo se explica...?

—Tampoco yo me lo explico —contestó Trilby—, salvo —y su tono de voz se hizo aún más humilde y tembloroso— que hayáis revelado el secreto que yo sorprendí por feliz casualidad a corazones amorosos y a amigos tutelares, que si no pudieron revocar totalmente la sentencia, lograron dulcificarla...

—¡A nadie! ¡A nadie! —exclamó Jeannie como espantada—. No lo sé, no estoy segura... Acaso si vuestro nombre acudió a mi pensamiento y lo pronunciaron mis labios fue en el secreto de una oración...

—Con el secreto de vuestras oraciones habéis podido conmover a algún corazón que me quiera, y si ante mi hermano Colomban, Colomban Mac-Farlane...

—¡Es hermano vuestro Colomban! ¡Sí, ante él!... ¡Hermano vuestro! ¡Dios misericordioso, tened compasión de mí! ¡Perdón, perdón!

—Sí, Jeannie, tengo un hermano, un hermano bienamado, que goza de la presencia de Dios y para el que mi ausencia no es más que la distancia que nos separa y que he de recorrer en triste y peligroso viaje. Pero mil años no son mas que un instante en la tierra para los que no habrán de separarse jamás.

—¡Mil años! El tiempo de condena a que os sentenció Ronald si volvíais a la cabaña.

—¿Y qué son mil años de cautiverio durísimo, qué sería una eternidad de muerte, una eternidad de dolor, para el alma a quien tú hubieses querido, para la criatura tan favorecida de la Providencia que hubiese compartido los misterios de tu corazón, para aquel cuyos ojos hubiesen visto en los tuyos una mirada de abandono y en tu boca una sonrisa de ternura? ¡Ah! El aniquilamiento, el infierno mismo no tendría sino tormentos imperfectos para el condenado dichoso que hubiese rozado con los tuyos sus labios, que hubiese acariciado los rizos negros de tu cabello, que hubiese oprimido tus pestañas húmedas de cariño, y para el que, sufriendo torturas sin fin, recordara que Jeannie le amó unos instantes! ¿Concibes esta voluptuosidad inmortal? ¡No es así como cae la cólera de Dios sobre los culpables a quien quiere castigar! ¡Pero verse hundido por su mano omnipotente en un abismo de desesperación y de pesares donde los demonios repiten por los siglos de los siglos «No, no, Jeannie no te quiso nunca», esto sí que es horrible, un porvenir espantoso, tremendo! ¡Atiende, mira, medita; mi infierno depende de ti!

—Por lo menos, Trilby, habéis de recordar que para la realización de vuestros deseos es necesario que Dougal os lleve a la choza; que sin esa condición...

—Eso es asunto mío sí vuestro corazón atiende a mis súplicas... ¡Oh Jeannie, a mis súplicas y a mis esperanzas!

—Pero olvidáis...

—¡No olvido nada!...

—¡Dios mío! —gritó Jeannie—. ¿No ves? ¿No ves? ¡Estás perdido!

—No, me he salvado —respondió, sonriendo, Trilby.

—¡Mirad, mirad: Dougal está cerca de nosotros!

En efecto, cuando la barquilla doblaba un minúsculo promontorio que ocultaba el resto del lago, la barca de la muchacha estuvo tan cerca de la barca de Dougal que este, a pesar de la oscuridad, habría visto a Trilby sin remedio si el duendecillo no se hubiera arrojado a las ondas en el momento en que el pescador echaba las redes al agua.

—¡He aquí algo más! —exclamó, sacando las redes y desprendiendo de las mallas un cofrecillo de formas elegantes y construido de materias tan preciosas que al pescador, por el brillo, la blancura y el pulimento, le parecieron marfil incrustado de metales preciosos y de gruesos carbunclos de Oriente, que aun en la noche fulguraban esplendorosos—. Imagínate, Jeannie, que desde esta mañana no he parado un momento de sacar con las redes los más hermosos pescados azules que se hayan cogido en este lago, y para remate de mi buena fortuna saco ahora un tesoro, porque a juzgar por lo que pesa y por la magnificencia de sus adornos, este cofre encierra la corona del rey de las islas, o bien las joyas de Salomón. Llévale corriendo a la choza y vuelve enseguida para echar en un rincón de la rada toda la pesca, que no hemos de dejar lo menos por lo más, y la fortuna que me otorgó san Colomban no me hará olvidar que no soy más que un pescador.

Durante algún tiempo la batelera no se dio cuenta de nada. Parecíale que una nube envolvía su vista y oscurecía su pensamiento, o bien qué, transportada de ilusión en ilusión, como por inquieta pesadilla, sucumbía a un sueño aniquilador del que no podía despertar. Llegada a la choza colocó con todo cuidado el hermoso cofrecillo, después se llegó al hogar, revolvió las cenizas calientes y se maravilló de ver las ascuas encendidas como para una fiesta. Cantaba alegre el grillo en el borde de su gruta doméstica y la llama de la lámpara que Jeannie tenía en la mano ardió temblorosa con tan inusitados destellos que la habitación se iluminó de tal modo que la joven creyó que hería a sus ojos la claridad de la mañana, después de un sueño largo; pero no era eso. Las brasas seguían chisporroteando; el grillo cantaba alegre y el cofrecillo misterioso se encontraba en el lugar donde acababa de colocarlo, con sus casillas de granate, sus festones de perlas y sus rosas de rubíes.

—Estoy despierta —dijo Jeannie—; no es sueño, no. ¡Triste fortuna! —añadió, sentándose junto a la mesa y apoyando su cabeza en el tesoro que Dougal sacara del lago hacía pocos momentos—. ¿Qué me importan las vanas riquezas que pueda encerrar este cofrecillo de marfil? Los monjes de Balva pensarán que con esto pagaron la perdición del desdichado Trilby; porque yo no puedo dudar de que desapareció en las aguas y de que ya no le veré más. ¡Trilby, Trilby! —prosiguió, llorando, y un suspiro, un largo suspiro le respondió.

Miró en torno de ella, escuchó atenta, pensando había oído mal, y, en efecto, ni vio ni oyó nada.

—¡Trilby ha muerto! —exclamó—. ¡Trilby no está aquí! Y ahora —añadió con cierta maligna alegría— veremos lo que Dougal saca de este cofrecillo, que no podrá abrir sin romperlo. ¿Quién le enseñará el secreto que abra la cerradura encantada, acaso oculta entre las esmeraldas? Para abrirlo, seguramente hay que conocer las palabras cabalísticas del mago que lo construyó, o vender el alma al diablo para que éste descifre el misterio.

—Basta con querer a Trilby y decir que se le ama —contestó una voz que salía del cofrecillo maravilloso—. Me verás condenado para siempre si te niegas, o salvado para siempre si consientes. ¡Ese es mi sino, el sino que me deparó el cariño que siento hacia ti!...

—¿Hay que decir…? —interrumpió Jeannie.

—Hay que decir: ¡Trilby, te quiero!

—Decirlo… ¿y el cofrecillo se abrirá entonces? ¿Y quedaréis libertado?

—¡Libre y dichoso!

—No, no —respondió la aturdida muchacha—. ¡No puedo ni debo!

—¿Y qué puedes temer?

—¡Todo! —replicó—. ¡Sería un perjurio horrendo! ¡La desesperación! ¡La muerte!

—¡Insensata! ¿Qué piensas de mí? ¿Imaginas tú, que lo eras todo para el infortunado Trilby, que este iría a lacerar tu corazón con sentimientos culpables, a perseguirte con una pasión peligrosa que aniquilase tu felicidad y emponzoñara tu existencia?... ¡Ten otra idea más digna de mi ternura! No, Jeannie, si te quiero es por el placer de quererte, de obedecerte, de depender de ti. Tu confesión no es sino un derecho más que tienes a mi sumisión y nunca un sacrificio. ¡Diciendo que me quieres libertas a un amigo y ganas un esclavo! ¿Cuál relación imaginas tú que puede haber entre la vuelta a lo pasado, que te imploro, y la noble y conmovedora obligación que te une a Dougal de por vida? El amor que por ti siento, Jeannie mía, no es un afecto terreno. ¡Ah, yo quisiera saber decir, saber comprender cómo en un mundo nuevo un corazón apasionado, un corazón equivocado en sus más queridos afectos, o desposeído de estos afectos harto pronto, florece en ternuras infinitas, en felicidades eternas que nunca pueden ser culpables! Tus sentidos, las potencias de tu espíritu son muy débiles aún para que puedas comprender el amor inefable de un alma desasida de todos los deberes que puede, sin cometer infidelidad, abrazar a todas las criaturas que elija con un cariño sin límites. ¡Oh, Jeannie, no sabes cuánto amor hay fuera de la vida, ni cuán apacible y puro es este amor! ¡Dime, Jeannie, dime no más que me quieres! ¡Ha de serte tan fácil!... ¡Solo a las palabras de odio han de mostrarse rebeldes tus labios! ¡Ya ves, Jeannie mía, que no hay en mí un solo pensamiento que no sea tuyo! ¡Ni un latido de mi corazón que no sea para ti y por ti! ¡Cómo se ensancha mi pecho cuando en el aire que cruzas resuena el eco de tu nombre! ¡Si mis labios hasta tiemblan y balbucean cuando quiero pronunciarle! ¡Oh, Jeannie, cuánto te amo! ¿Y no dirás, no te atreverás a decir: «¡Trilby, te quiero; pobre Trilby, te amo un poco!»?

—No, no —dijo la muchacha, huyendo espantada de la habitación en que estaba el riquísimo encierro de Trilby—. No, jamás haré traición a la fe que libremente juré a Dougal ante los altares; cierto que algunas veces es brusco y exigente, pero aun así, estoy segura de que me quiere. Verdad que no sabe expresar sus sentimientos como este espíritu fatal, desatado contra mi tranquilidad; pero ¿quién sabe si con este don funesto, peculiar del demonio, no es el mismo demonio quien me seduce con las bellas palabras del duendecillo? ¡Dougal es mi amigo, mi marido, el esposo, y yo le elegiría hoy mismo; tiene mi fe y nada vencerá mi resolución ni me hará olvidar mis promesa! ¡Nada, ni aun mi corazón! —añadió, suspirando—. ¡Que se rompa antes de que olvide los deberes que Dios le impuso!...

Apenas si Jeannie había tenido tiempo para afirmarse en la determinación que acababa de tomar, recordándosela a sí misma con voluntad tanto más firme cuanto mayor era la resistencia que hábil de vencer, aún murmuraba las últimas palabras de la resolución íntima, cuando se oyeron dos voces cerca de ella por debajo del atajo que tomara para llegar más pronto a las orillas del lago, un atajo por el que no se podía marchar sin fatiga. Dougal iba por el camino más fácil cuando llevaba la carga de pescados o cuando llegaba a la cabaña con algún huésped. Los caminantes marchaban por la senda de abajo, lentamente, como hombres que conversan de cosas graves. Eran Dougal y el viejo eremita de Balva, a quien la casualidad hizo hallar en la ribera opuesta la barca del pescador, pidiéndole que le trasladara y le diese hospitalidad. No es necesario decir que Dougal se avino de buena gana a lo que se le pedía, y más después de haber recibido aquel día mismo tantos y tan señalados beneficios; porque él atribuía a la protección de los santos del monasterio la inesperada y copiosa pesca, rematada con el hallazgo del cofrecillo entre las redes —encuentro con que tantas veces soñara—, que de seguro encerraba tesoros más reales y permanentes que los eventuales recursos suministrados por la pesca. Acogió al monje centenario más solícito aún que el día en que llegó para arrojar a Trilby de la choza, y estas expresiones reiteradas de gratitud y las seguridades de que seguiría prodigando sus bondades, con que respondía Ronald, llamaron la atención de Jeannie, que, sobresaltada, se paró para escuchar, temiendo desde luego, aunque de un modo inconsciente, que aquel viaje tuviese otro fin que realizar la colecta acostumbrada de Invevary, a la que nunca faltaba en aquella estación alguno de los emisarios del convento; su corazón latía violento, contuvo la respiración y escuchó, esperando alguna palabra delatora de los peligros que amenazaban al duendecillo encerrado en la cabaña. Entonces oyó decir a Ronald en voz alta:

—Ya están libres las montañas, ya hemos vencido a los espíritus malignos; el último de ellos quedó condenado en la romería de San Colomban.

Entonces se tranquilizó, porque, no dudando de lo que decía el monje, se adujo a sí misma estas dos razones: «O el monje ignora la suerte de Trilby, bien Trilby está perdonado por Dios y salvado, como el mismo monje parecía esperar.»

Más tranquilizada, llegó a la pequeña rada donde estaban amarradas las barcas de Dougal; echó en los depósitos la pesca de que estaban llenas las redes, extendió éstas vacías sobre la playa, después de haberlas retorcido para que no las dañasen una helada matinal, y volvió a tomar el sendero de las montañas con aquella serenidad que nos infunde la sensación de haber cumplido un deber, y más si del cumplimiento de este deber no resultó mal para nadie.

—El último de los espíritus malignos —murmuraba la muchacha— fue condenado en la romería de san Colomban: así que este espíritu no puede ser Trilby, puesto que me habló hace poco y ahora está en la cabaña, salvo que yo haya soñado. Luego Trilby está salvado y el tentar mi corazón será una prueba de que no debo culparle, porque acaso se la impusieron los santos. ¡Está salvado, y volveré a verle algún día! ¡Algún día, seguro! —exclamó—. ¡El mismo me lo dijo hace poco: «Mil años no son mas que un momento en la tierra para aquellos que no han de separarse jamás»!

La voz de la muchacha había ido elevándose de modo que podía oírsela, pues creía estar completamente sola. Pasaba entonces junto a las altas tapias del cementerio, donde en horas desusadas no hay más que aves de rapiña o algún pobre huérfano abandonado que llora sobre la sepultura de sus padres. Oyóse el rumor confuso de un gemido que parecía una queja de pesadilla y al mismo tiempo dentro del cementerio se alzó una antorcha hasta lo alto de las tapias, que iluminó el fúnebre recinto y derramó su luz, en destellos espantables, sobre las altísimas ramas de los árboles cercanos. La aurora boreal que comenzara a iluminar el horizonte desde la puesta del sol extendía poco a poco su pálido velo por los cielos y por las montañas, triste y terrible como el fulgor de un incendio lejano donde no puede llegar nuestro auxilio. Sorprendidas en sus cacerías, las aves nocturnas cerraban sus pesadas alas, posándose aturdidas en las vertientes del Cobler, y el águila gritaba aterrada en las puntas de las rocas viendo aquella aurora inesperada, a la que no seguiría astro alguno porque no es anuncio de la mañana.

Jeannie había oído hablar de los misterios de las brujas y de las fiestas que celebraban en la última morada, en la mansión de los muertos, en ciertas fases de lunas de invierno. A veces, cuando volvía cansada a su choza, creyó ver alguna lucecilla caprichosa que se levantaba y caía rápidamente, y otras veces creyó oír en los aires retazos de voces extrañas, risas feroces como aullidos, cantos de tal modo temblorosos, tenues y fugitivos, que parecían venir de otro mundo. Y hasta pensaba haberlas visto, con sus tristes harapos manchados de sangre y de ceniza, que se perdían en las ruinas de la cerca desigual, disipándose como el humo amarillento y rosáceo de azufre que ardiera bajo las sombras de los bosques y negara a los vapores del cielo. Llevada de una curiosidad irresistible, franqueó el temeroso dintel, que no había cruzado sino de día para orar sobre la tumba de su madre. Dio un paso y se detuvo. En un extremo del cementerio, al que daban sombra esos tejos de frutos rojos como las cerezas caídas del cestillo de un hada y que atraían a las aves de la comarca; tras del lugar señalado por la última fosa aún abierta, cual si aguardase un cuerpo, se alzaba el colosal abedul que llamaban el árbol del Santo, porque decían que san Colomban, joven todavía, y cuando aún no había abandonado por completo todas las ilusiones de este mundo, pasó toda una noche al pie del árbol, regándolo con sus lágrimas y luchando contra el recuerdo de sus amores profanos. Desde entonces aquel abedul era objeto de la veneración de las gentes, y si yo fuese poeta haría que la posteridad conservara esta tradición.

Casi sin aliento, Jeannie escuchó bajando la cabeza para que nada la distrajera. Oyó un doble ruido como si un trozo de marfil se quebrara y el abedul estallase, y entonces vio cómo el largo fulgor de una claridad lejana corría por la tierra hasta sus pies y se extinguía después de haber iluminado con luz blanquísima sus vestiduras. Buscó, tímida, el lugar de donde partiera el fulgor, y vio el árbol del Santo, ante el que se erguía una figura en actitud de imprecación y un hombre prosternado en actitud de plegaria. El primero blandía una antorcha, que bañaba de luz su frente adusta y serena. El otro permanecía inmóvil. Reconoció en ellos a Ronald y a Dougal. Y sintió una voz tenue como el soplo último de la agonía, una voz que sollozaba débilmente el nombre de Jeannie y que parecía salir del árbol del Santo.

—¡Trilby! —gritó Jeannie corriendo sobre las sepulturas y cayendo en la fosa abierta que seguramente la esperaba, porque nadie escapa a su sino.

—Jeannie, Jeannie! —exclamó el pobre Dougal.

—¡Dougal! —respondió la muchacha tendiendo hacia él sus manos trémulas y mirando de hito en hito a Dougal y al árbol del Santo—. Daniel, mi querido Daniel... Mil años... no son nada en la tierra, nada... —repitió, levantando penosamente la cabeza, que a poco dejó caer, ya muerta. Ronald, que había interrumpido sus preces, las prosiguió...

Habían pasado muchos siglos desde este suceso cuando el azar de los viajes, y acaso algunos cuidados del corazón, me llevaron a aquel cementerio. Está ahora lejos de todas las cabañas, y a más de cuatro leguas de él y sobre la misma ribera se ve flotar el humo de las altas chimeneas de Portincaple. Todas las paredes del antiguo cercado están destruidas; no quedan de ellas más que raros vestigios, quizá porque los materiales que las componían fueron utilizados por los habitantes del país en otras construcciones, o quizá porque las desmoronaran poco a poco las heladas súbitas, tan frecuentes y duras en los prados de Argail. Sin embargo, la losa que cubre la sepultura de Jeannie ha sido respetada por el tiempo, por las cataratas del cielo y por los hombres. Aún se lee sobre ella estas palabras, que trazara una mano piadosa: *Mil años no son más que un momento en la tierra para los que no han de separarse jamás.* El árbol del Santo ha muerto, pero algunos arbustos llenos de vigor coronan lo que queda de su tronco con su rico follaje, y cuando un soplo agita las verdes ramas, curvándolas y enderezándolas, una imaginación viva y tierna podría oír todavía los suspiros de

Trilby sobre la fosa de Jeannie. ¡Mil años son tan poco tiempo para poseer lo que se ama y tan poco tiempo para llorarlo!...

Título original: *Trilby ou Le Lutin d'Argail*

Documentos

«Los demonios de la noche»

Noticia

Los demonios de la noche, así como *Trilby*, tienen dos prefacios: el de la edición original de 1821 y el escrito por Nodier para la edición del tomo III de sus *Oeuvres completes*, en 1832. Hemos incluido también la «Nota sobre el *rhombus*», mencionada en la pág. 179 de la obra. Se ha preferido separar ambos prefacios del texto porque, aunque son documentos indispensables para completar un retrato del versátil Nodier, anticipaban demasiado elementos de ambos relatos.

La edición original apareció con el nombre de *Smarra ou Les Démons de la nuit, songes romantiques, traduit de l'esclavon du comte Maxime Odin por Ch. Nodier*. Fue un fracaso comercial y la edición terminó siendo vendida a su peso como papel.

Para la presente traducción hemos utilizado principalmente la edición presentada, establecida y anotada por Patrick Berthier (1982), invalorable por sus notas.

Prefacio I (1821)

La singular obra cuya traducción ofrezco ahora al público es moderna e incluso reciente. En tierras ilirias suele ser atribuida a un noble de Ragusa que, al igual que otros muchos poemas del mismo género, ha ocultado su nombre bajo el seudónimo del conde Maxime Odin.[35] Debo esta noticia a la amistad del caballero Fedorovich Albinoni,[36] pues no había sido impresa durante el tiempo que residí en aquellas provincias. Por lo que, probablemente, lo ha sido después.

Smarra es el nombre primitivo del espíritu maligno al que los antiguos hacían responsable del triste fenómeno de la *pesadilla*. La misma palabra todavía expresa la misma

35 Seudónimo compuesto por las cuatro primeras letras del nombre de Nodier, invertidas. [E.]
36 Otra fantasía de Nodier: el Albinoni que el escritor conoció en Iliria era un erudito poco afecto a las leyendas. [E.]

idea en la mayoría de los dialectos eslavos, pues la gente de esa región es la más expuesta a este terrible mal. Hay pocas familias morlacas en las que alguno de sus miembros no haya sido atormentado por ellas. De este modo, la Providencia ha colocado entre las dos extremidades de la vasta cadena de los Alpes suizos e italianos las dos enfermedades más dispares del hombre; en Dalmacia, los delirios de una exaltada imaginación que ha llevado la práctica de todas las facultades hasta un orden de ideas puramente intelectual; en Saboya y Valais, la ausencia casi total de las percepciones que distinguen al hombre del animal: por un lado se encuentra el frenesí de Ariel, y por el otro, el estupor feroz de Calibán.[37]

Para entrar con interés en el secreto de la composición de *Los demonios de la noche*, será quizá necesario haber experimentado las sensaciones de la *pesadilla*, de la que este poema es una crónica fiel, aunque quizá suponga pagar un tanto caro el insípido placer de leer una mala traducción. Sin embargo, hay tan pocas personas que no hayan sido nunca perseguidas en sus sueños por alguna enojosa ensoñación, o deslumbradas por

37 Se refiere sin duda al cretinismo, muy común en los altos valles alpinos. [E.]

los prestigios de algún encantador sueño acabado demasiado pronto, que he pensado que, al menos para el gran público, esta obra tendría el mérito de recordar sensaciones conocidas que, como dice el autor, todavía no han sido descritas en ninguna lengua, y de las que, raramente, uno suele darse cuenta al despertarse. El artificio más difícil del poeta estriba en haber sepultado la narración de una anécdota relativamente mantenida, con su exposición, su nudo, su peripecia y su desenlace, bajo una sucesión de sueños extraños cuya transición no está determinada, a veces, más que mediante una sola palabra. Y, sin embargo, en este punto, no ha hecho más que conformarse al capricho mordaz de la naturaleza, que se divierte al hacernos recorrer en la duración de solo un sueño, muchas veces interrumpido por episodios ajenos a su trama, todos los componentes de una acción común, completa y más o menos verosímil.

Las personas que hayan leído a Apuleyo se darán fácilmente cuenta de que la fábula del libro primero de *El Asno de Oro,* de este ingenioso narrador, presenta muchas semejanzas con aquella, y de que se parecen en el fondo casi tanto como difieren en la forma. El autor parece, incluso, haber deseado esa relación dejando que su personaje principal conservase el nombre de Lucio.

La narración del filósofo de Madaura y la del sacerdote dálmata, citado por Fortis, tomo II, página 65,[38] toman, en efecto, su origen común de una comarca que, curiosamente, Apuleyo había visitado, pero de cuyas características nunca habló, lo que no obsta para que Apuleyo sea considerado como uno de los escritores más románticos de los tiempos antiguos. Pues surgió en el tiempo preciso que separa las edades dominadas por el gusto de las que lo serían por la imaginación.

Ya para acabar, debo confesar que si hubiera apreciado las dificultades de esta traducción antes de emprenderla, jamás me habría ocupado de ella. Seducido por el sentido general del poema, sin darme cuenta de los efectos que lo producían, había atribuido su mérito a la composición, que sin embargo carece de mérito y cuyo endeble interés no alcanzaría a sostener la atención durante mucho tiempo, si no fuera porque el narrador la ha realzado mediante el empleo de los prestigios de una imaginación asombrosa y, sobre todo, por el increíble atrevimiento de un estilo que no deja en ningún momento de presentarse como elevado, pin-

38 Se refiere al capítulo VIII de *Voyage en Dalmatie*, del abate Fortis (1741-1803). [E.]

toresco y armonioso. Esto era, precisamente, lo que me resultaba imposible reproducir, y que no me habría atrevido a intentar llevar a nuestra lengua sin caer en una ridícula presunción. Estoy seguro de que los lectores que conozcan la obra original no verán en esta débil copia más que una tentativa impotente, pero, en mi fuero interno, espero que no vean en ella más que el esfuerzo fallido de una desgraciada vanidad. Tengo en el dominio literario jueces tan severamente inflexibles y amigos tan religiosamente imparciales que, de antemano, estoy persuadido de que esta explicación no caerá en saco roto para ninguno de ellos.

Nota sobre el 'Rhombus'

Esta palabra, muy mal explicada por lexicógrafos y comentadores, ha ocasionado tan singulares equívocos que quizá se me pueda perdonar el evitar otros nuevos a traductores futuros. El propio señor Noël, cuya sana erudición rara vez incurre en falta, no ve en ella otra cosa *que una especie de rueda utilizada en las operaciones mágicas*; aunque se muestra al respecto más afortunado que su estimable homónimo, el autor de la *Histoire des pêches*, el cual, confundido por una conformidad de nombre, fundada en una conformidad de forma, ha considerado al *rhombus* como un pescado, haciendo los honores al rodaballo de las magias operadas por el instrumento al uso en Sicilia y Tesalia. Luciano, sin embargo, que habla de un *rhombos* de bronce, es prueba suficiente de que estamos tratando con algo que nada tiene que ver con un pescado. Perrot d'Ablancourt lo tradujo como «un espejo de bronce», porque, en efecto, llegaron a fabricarse espejos con forma de rombo, y porque, algunas veces, en sentido figurado, la forma es tomada en ocasiones por la cosa.[39] Belin de Ballu ha rectificado este error, cayendo, sin embargo, en otro. Teócrito pone en boca de una de sus pastoras: «Al igual que el *rhombos* gira rápidamente según mis deseos, ordena, Venus, que mi amante regrese a mi puerta con idéntica celeridad». El traductor latino de la inapreciable edición de Libert, se acerca en mucho a la verdad:

Utque volvitur hic aeneus orbis, ope Veneris,
Sic ille volvatur ante nostras fores.[40]

39 *Rhombos* es traducido del latín al francés como *turbo*, torbellino, siendo confundido así con el rodaballo, en francés *turbot*. [E.]
40 *Y como un globo de bronce se pierde bajo la acción de Afrodita, así puede [mi amante] perderse ante mi puerta.*

Un *globo de bronce* no tiene nada en común con un espejo. También se hace mención del *rhombus* en la segunda elegía del segundo libro de Propercio y, salvo error, en el trigésimo epigrama del noveno libro de Marcial.[41] Y bien poco le faltó para que también fuera descrito por Ovidio, en la octava elegía del libro primero de los *Amores*, cuando el poeta pasa revista a los secretos de la hechicera que está instruyendo a su hija en los misterios execrables del arte; y debo el secreto de un descubrimiento, por otra parte, insignificante, a esta fórmula:

> *Scit bene* [Saga] *quid gramen, quid torto concita rhombo*
> *Licia, quid valeat,* etc.

Concita licia, torto rhombo, se refieren, de manera lo suficientemente clara, a un instrumento redondeado que se lanza mediante unas correas, y que no admite confusión con el *turbo*[42] usado por los niños de la antigua Roma, que nunca fue de bronce y que no se parece ni a

---

41 Inexacto: Propercio lo menciona en la elegía 18 del libro II; y Marcial en el epigrama 29 del libro IX.

42 *Turbo* era lo que nosotros llamamos un trompo, o peonza, que no es otra cosa que un cono lanzado mediante una cuerda, y que gira alrededor de su extremo. Todavía hoy, al *turbo* se le conoce con el nombre de *trebi*:

> *Ai ne fau qu'éne chaiterie*
> *Vou qu'un sublò, vous qu'un trebi.*
> Noël de la Monnoye.

un espejo ni a un pescado; y tampoco habrían pensado en él los poetas para referirse al inusitado término de *rhombus,* ya que *turbo* aparecía, de manera suficientemente honorable, en el lenguaje poético. Virgilio escribió: *Versare turbinem,* por no hablar de Horacio:

Citamque retro solve turbinem.

No obstante, no me hallo muy lejos de creer que, en este último ejemplo, en el que Horacio habla de los encantamientos de las brujas, haga alusión al *rhombos* de Tesalia y Sicilia, cuyo nombre latinizado solo se ha usado después de él.

Si alguien se ha tomado la molestia de leer esta nota, que no va dirigida a las damas y que no tiene mayor interés para el público en general, probablemente me preguntará qué es el *rhombus.* Pues bien, todo parece indicar que el *rhombus* no es otra cosa que ese juguete infantil cuyo lanzamiento, sumado al ruido que produce, posee, en efecto, algo de espeluznante y de mágico, y que, por una singular analogía de pensamiento, ha adoptado en nuestros días el nombre de Diablo.[43]

(Nota del traductor)

43 «*El diablo,* es decir esa especie de trompo de metal o de madera que se hace dar piruetas con una correa trenzada», precisa Nodier en su *Examen critique des dictionnaries de la langue française.* [E.]

Prefacio II (1832)

De temas nuevos hacemos siempre versos antiguos,

dijo André Chénier. Este pensamiento me preocupaba particularmente en mi juventud; y, para explicar mis motivos, y también para disculparlos, habría que decir que en mi juventud era el único que presentía el infalible advenimiento de una nueva literatura. Lo que para el genio no era más que una revelación, para mí se convertía en un tormento.

Yo bien sabía que los argumentos no se habían agotado y que dentro de la imaginación quedaban aún inmensos dominios por explorar; pero esto solo lo vislumbraba, como suele ocurrirles a los mediocres, y merodeaba de lejos las tierras americanas, sin caer en la cuenta de que eran un mundo. Pues solo aguardaba a que una voz amada gritase: ¡tierra!

Solo una cosa me había sorprendido. En el ocaso de toda literatura, la invención parecía crecer en razón directa a la pérdida del gusto, y los escritores en los que florecía, como algo nuevo y resplandeciente, cohibidos por algún extraño pudor, nunca se habían atrevido a ofrecérselo a la multitud, a no ser bajo una máscara de cinismo e irrisión, como la Locura en los festejos populares o la Ménade de las bacanales. Y esto es un signo distintivo de genios trillizos como Luciano, Apuleyo y Voltaire. Si ahora buscáramos el alma de esta creación propia de tiempos ya consumados, la encontraríamos en la fantasía. Los grandes hombres de los pueblos del pasado regresan, igual que los ancianos, a los juegos de la infancia, a pesar de que ante los sabios finjan desdeñarlos; solo en ellos dejarán desbordar, entre risas, la vitalidad que les diera la naturaleza. Apuleyo, filósofo platónico, y Voltaire, poeta épico, son enanos que dan pena. El autor de *El Asno de Oro* y el de *La Doncella* y *Zadig*, ¡he aquí gigantes!

En cierta ocasión, fui del parecer de que la vía de lo fantástico, tomada en serio, sería algo nuevo, si es que la idea de novedad puede darse en su acepción absoluta en una civilización debilitada. La *Odisea* de Homero forma parte de lo fantástico serio, pero tiene un carácter propio de las concepciones de las primeras edades del hombre, el de la ingenuidad. Para satisfacer este instinto curioso e inútil de mi débil espíritu, solo me quedaba descubrir en el hombre el origen de lo fantástico verosímil o auténtico, que no sería más que el resultado de impresiones naturales o de creencias difundidas, incluso, entre los más sublimes espíritus de nuestro incrédulo signo, tan profundamente desposeído de la ingenuidad antigua. Lo que yo buscaba sería encontrado después por muchos hombres: Walter Scott y Victor Hugo, en tipos extraordinarios pero *posibles,* circunstancia hoy esencial que falta a la realidad poética de Circe y Polifemo; Hoffmann, en el frenesí nervioso del artista entusiasta, o en los fenómenos más o menos demostrados del magnetismo. Schiller, que se reía de todas las dificultades, ya había hecho brotar emociones graves y terribles de una combinación aún mucho más sencilla: la colusión de dos charlatanes, expertos en fantasmagorías.

El poco éxito de *Los demonios de la noche* no me ha demostrado que estuviese totalmente equivocado respecto a otro de los aspectos de lo fantástico moderno, más maravilloso, me parece, que los demás. Lo que me demostró es que carecía de la capacidad suficiente para poder servirme de él, y que no tenía necesidad de adquirirla. Y yo lo sabía.

La vida de un hombre organizado poéticamente se divide en dos series de sensaciones casi iguales, incluso en sentido: una que resulta de las ilusiones de la vigilia y otra que se forma de las ilusiones del sueño. No discutiré acerca de la ventaja relativa de estas dos maneras de percibir el mundo imaginario, pero estoy soberanamente convencido de que no tienen nada que envidiarse recíprocamente a la hora de la muerte. El soñador no tendría nada que ganar haciéndose pasar por poeta, ni el poeta por soñador.

Lo que me asombra es que el poeta despierto se haya aprovechado tan poco en sus obras de las fantasías del poeta dormido, o al menos que sea tan raro que confiese su deuda, pues la realidad de este préstamo en las concepciones más audaces del genio es algo incontestable. El descenso de Ulises a los infiernos es un sueño. Este compartir de las facultades alternativas fue posiblemente comprendido por los escritores primitivos. Los sueños ocupan un puesto importante en las Escrituras. La idea misma de su influencia en el desarrollo del pensamiento, en su acción externa, se ha conservado gracias a una singular tradición a través de todas las reservas de la escuela clásica. No hace veinte años que el sueño era de rigor cuando se iba a componer una tragedia; he asistido a unas cincuenta Y. desgraciadamente, al escucharlas daba la impresión de que sus autores jamás hubieran soñado.

A fuerza de extrañarme de que la mitad, y sin duda la más importante, de las imaginaciones de nuestro entendimiento no se hubiera convertido en el argumento de una fábula ideal tan adecuada a la poesía, pensé en intentarlo por mí mismo, pues apenas aspiraba a que alguien se ocupase de mis libros y de sus prefacios, ya que nadie se preocupa mucho de estos. Un accidente bastante vulgar de mi constitución que me ha librado durante toda la vida a estas ensoñaciones del sueño, para mí cien veces más lúcidas que amores, intereses y ambiciones, me arrastraba hacia ese empeño. Solo una cosa me repelía, de manera casi invencible, y debo decir el qué. Yo era un apasionado admirador de los clásicos, los únicos autores que había leído con el consentimiento paterno, y habría renunciado a mi proyecto si no lo hubiera encontrado expuesto en la paráfrasis poética del primer libro de Apuleyo, al que debía tantos sueños extraños que habían acabado por sobrecargar mis días con el recuerdo de sus noches.

No obstante, eso no era todo. También necesitaba (se da por supuesto) la expresión viva y, sin embargo, elegante y armoniosa de esos caprichos del sueño que nunca habían sido escritos y de los que el cuento de hadas de Apuleyo no venía a ser más que el armazón. Y puesto que el marco de aquel estudio no llegaba a presentarse como algo ilimitado a mi joven y vigorosa paciencia, me dediqué, intrépidamente, a traducir y volver a traducir todas las frases de los clásicos que eran casi intraducibles y que estaban relacionadas con mi proyecto, a fundirlas, a hacerlas maleables, a doblegarlas hasta que adquieran la forma que les dio su autor primitivo, como había aprendido de Klopstock, o como había aprendido de Horacio:

Et male tornatos incudi reddere versus.[44]

Todo esto sería bastante ridículo con respecto a *Los demonios de la noche* si de ello no se extrajera una lección lo suficientemente útil para los jóvenes que comienzan a escribir la lengua literaria, y que nunca llegarán a escribirla bien, si no me equivoco, faltándoles la elaboración concienzuda de la frase bien hecha y de la expresión feliz. Y deseo que les sea más favorable que a mí.

Un día mi vida cambió, pasando de la deliciosa edad de la esperanza a la edad imperiosa de la necesidad. Ya no soñaba con mis futuros libros e incluso vendía mis

44 «Y batir sobre el yunque los versos mal torneados». [T.]

sueños a los libreros. Es así que apareció *Los demonios de la noche*, que jamás habría aparecido con esa forma si yo hubiera tenido la libertad de poder darle otra.

Tal y como es, *Los demonios de la noche* no viene a ser más que un estudio y, no me cansaré de repetirlo, no será un estudio inútil para los gramáticos que sean un poco filólogos, y quizás es ésta la razón que me permite reeditarla. Observarán que he intentado agotar todas las formas de la fraseología francesa, luchando, con toda mi voluntad de profesor, contra las dificultades de las construcciones griegas y latinas, trabajo inmenso y minucioso como el de aquel hombre que hacía pasar granos de mijo por el ojo de una aguja, pero que quizá sería merecedor de un celemín de mijo entre los pueblos civilizados.

Lo demás no me concierne. Ya he dicho que era fábula: salvo algunas frases de transición, lo demás pertenece a Homero, Teócrito, Virgilio, Catulo, Estacio, Luciano, Dante, Shakespeare y Milton. No leía otra cosa. El clamoroso fallo de *Los demonios de la noche* es parecer lo que realmente es, un estudio, un centón, un pastiche de los clásicos, el peor *volumen* de la escuela de Alejandría que escapara al incendio de la biblioteca de los Tolomeos. Pero nadie se dio cuenta de ello.

¿Adivinan en lo que llegó a convertirse *Los demonios de la noche*, esta ficción de Apuleyo perfumada, es posible que torpemente, con las rosas de Anacreonte? ¡Oh, libro de estudioso, libro meticuloso, libro de inocencia y pudor escolares, libro escrito bajo la inspiración de la más pura antigüedad! ¡Pues llegó a convertirse en un libro *romántico*! ¡Y Henri Estienne, Scapula y Schrevelius no fueron capaces de levantarse de sus tumbas para negarlo! ¡Pobre gente! No me refiero a Schrevelius, Scapula o a Henri Estienne.

Por aquel entonces, tenía algunos amigos ilustres en el mundo de las letras a los que repugnaba abandonarme bajo el peso de una acusación tan grave. Podían hacer algunas concesiones, pero *romántico* era demasiado fuerte. Habían aguantado ya mucho tiempo. Y cuando les hablaron de *Los demonios de la noche* pusieron los pies en polvorosa. Tesalia les sonaba mucho más escabrosa que *Scotland*. «Larisa y el Peneo..., pero ¿de dónde diablos ha sacado eso?», decía el buen Lémontey (¡Dios le tenga en su santa gloria!) ¡Eran clásicos un tanto rígidos, se lo aseguro!

Lo que este juicio tiene de singular y risible es que solo perdonó, como mucho, ciertas partes del estilo, que, para mi venganza, era lo único mío que había en el libro. De las concepciones fantásticas del más eminente espíritu de la decadencia, de la imagen homérica, de la expresión virgiliana o de las formas de construcción calcadas tan laboriosamente y, en ocasiones, de manera tan artística... nada en absoluto. Se supuso que habían sido escritas y eso fue todo. Tengan la bondad de imaginarse una estatua, como la de Apolo o la de Antínoo, sobre la cual, quizás, algún trabajador desaprensivo ha tirado, al pasar, como si quisiera deshacerse de él, un montón de harapos, y que la Academia de bellas artes encuentra de mal gusto, aunque no deja de reconocer que la viste apropiadamente...

Así pues, el trabajo que realicé con *Los demonios de la noche* no es más que un trabajo verbal, la obra de un profesor atento; todo lo más podía suponer un premio de composición en el colegio, pero nunca tanto desprecio; algunos días más tarde, envié a mi desgraciado amigo Auger un ejemplar de *Los demonios de la noche*, con sus referencias a los clásicos, y pienso que podrá ser localizado en su biblioteca. A la mañana siguiente, mi librero, el señor Ponthieu, me hizo el favor de anunciarme que la edición había sido saldada como papel.

Había tenido tanto temor de tener que enfrentarme con la elevada dosis de complejidad expresiva que caracteriza la Antigüedad que me oculté bajo el oscuro papel de traductor. Las obras que siguieron a *Los demonios de la noche* favorecían esta suposición, a la que añadía visos de verosimilitud el hecho de mi larga estancia en las provincias esclavonias. Se trataba de otros estudios que, siendo aún joven, había realizado acerca de una lengua primitiva, más o menos autóctona, que, no obstante, tiene su *Ilíada* en la hermosa obra *Osmanida,* de Gondola,[45] pero no pensaba que fuera precisamente esta precaución la que, mal comprendida, levantase contra mí, nada más ver la portada de mi libro, la indignación de los literatos de aquel entonces, hombres de erudición modesta y temperada, cuyos sabios estudios no habían ido más allá de los realizados por el padre Pomey en la investigación de las historias mitológicas, y por el señor abad Valart en el análisis filosófico de los idiomas. El salvaje nombre de Esclavonia les previno contra todo lo que podría llegar de una comarca de bárbaros. Por entonces no se sabía en Francia, aunque hoy se sepa hasta en el Instituto, que Ragusa es el último templo de las musas griegas y latinas;[46]

45 Jean-François Gundulié o Gondola (1588-1638) fue el reformador del teatro iliriano. [E.]
46 Esclavonia o Eslavonia (Slavonija), antigua regiòn europea situada entre el Drave y el Danubio, pertenecía al imperio austrohúngaro, para luego incorporarse a la antigua Yugoslavia y formar parte de Croacia. Ragusa, parte entonces de Esclavonia, es hoy una provincia italiana. [E.]

que los Boscovich, Stay, Bernardo de Zamagna, Urbano Appendini o Sorgo brillaron sobre su horizonte a la manera de una constelación clásica, por aquella época en que París se pasmaba ante la prosa del señor de Louvet y los versos del señor Demoustier; y que los estudiosos esclavones, por lo demás bastante reservados en lo concerniente a sus pretensiones, en ocasiones se permiten sonreír con cierta malicia cuando oyen hablar de los nuestros. Se dice que aquel país es el último en haber conservado el culto a Esculapio, y se diría que, en agradecimiento, Apolo se ha sentido generoso y ha dejado oír los últimos sones de su lira en los parajes donde todavía se estimaba el recuerdo de su hijo.

Cualquier otra persona habría guardado para una perorata la frase que acaban de leer, y que, al final de un aparatoso discurso, suscitaría un murmullo extremadamente halagador, pero eso no me importa tanto y además, todavía me queda por decir una cosa: y precisamente es que he estado dejando hasta ahora la crítica más severa de todas las que ha recibido el desgraciado *Los demonios de la noche.* Se ha juzgado que la fábula no era clara, que su final no dejaba más que una idea vaga y casi inextricable, que el espíritu del narrador, distraído continuamente por los más fugaces detalles, se perdía a cada paso en digresiones sin objeto; que las transiciones de la narración nunca estaban determinadas por la ligazón natural de las ideas, *Junctura mixturaque*, sino que parecían abandonadas al capricho de la palabra, como en un juego de dados; en fin, que era imposible encontrar en la obra un diseño racional y una intencionalidad escrita.

Ya dije que estas observaciones habían sido hechas de una manera que no era la del elogio, *que nadie se llame a engaño,* pero yo hubiera deseado ese elogio. Pues corresponden a todo lo que caracteriza precisamente a los sueños, y quien se haya resignado a leer *Los demonios de la noche* de cabo a rabo sin darse cuenta de que lo que leía era un sueño habrá perdido el tiempo inútilmente.

«Trilby»

Noticia

Trilby o El duendecillo de Argail, del cual se conserva un manuscrito parcial, debe considerarse en conjunto —como ya hemos dicho— con su libro *Promenade de Dieppe aux montagnes d'Écosse*, ambos inspirados en el viaje a Escocia de 1821. Tuvo más éxito que *Los demonios de la noche* y conoció varias adaptaciones para teatro. Para la tercera edición, que también fue incluida en el tomo III de sus *OEuvres completes*, Nodier escribió el «Prefacio II».

Prefacio I (1822)

No recuerdo cuál nota o prólogo de una novela de sir Walter Scott fue la base para este relato. La tradición que lo inspira, como todas las populares, se extendió por el mundo y se la encuentra por doquiera. Es el *El*

Diablo enamorado[47] de todas las mitologías. El placer de hablar de un país al que amo y de expresar sensaciones que no olvido; el encanto de una superstición que acaso no es mas que bonita fantasía de la imaginación contemporánea; no sé qué mezcla de melancolía dulce y de alegría ingenua que aparecen en la leyenda original, y que no supe traer a esta imitación, me sedujeron hasta el punto de impedirme reflexionar acerca de cuán vulgar en el fondo es esta composición y de que, ante todo, lo natural es buscar el atractivo de la novedad. Escribo, no obstante, con plena conciencia, puesto que no leí ninguna de las historias que mi duendecillo pudo inspirar, y desde luego espero que mi relato, que difiere necesariamente de los cuentos de igual género por detalles de costumbres y por el lugar de la acción, tendrá también algo del interés que suscitan las cosas nuevas. Sea lo que fuera, lo abandono a lectores acostumbrados a los escritos frívolos, con esta declaración, que mi conciencia antepone a los deseos de un éxito feliz. Por lo demás, mis obras no están destinadas a ser objeto de controversias literarias.

47 Novela de Jacques Cazotte, de 1772, en esta misma colección.

Cuando di por morada a mi duende las losas de un hogar y le hice hablar con una muchacha que se dormía, conocía bien una composición poética del señor de Latouche, donde la encantadora tradición está contada en versos también encantadores; y como en mi sentir este poeta es el Hesíodo de los espíritus y de las hadas, me atuve a sus invenciones con el respeto que todo hombre que escribe debe a los clásicos de su escuela. Y sería para mí una satisfacción que algunos dedujesen de estas ligeras explicaciones que soy amigo del señor de Latouche, porque yo también pretendo alcanzar una partícula de gloria y de inmortalidad.

Aquí debía concluir esta advertencia, y aun parecería excesiva si se considerase solo la importancia del asunto; pero siento necesidad de contestar a algunas objeciones que de antemano se lanzaron contra la forma de mi endeble narración, cuando yo me entretenía en escribirla, objeciones que de mala gana arrostraría yo abiertamente. Cuando tantas probabilidades hay contra un triunfo modesto, es prudente, ¡cuando menos!, no dejar que la crítica tenga ventajas injustas o derechos excesivamente rigurosos. Así, acaso con razón, la crítica condena por monótona la elección de un lugar que múltiples y excelentes novelas de Walter

Scott vulgarizaron hasta la trivialidad; de buen grado confieso que no constituye ninguna novedad ni supuso esfuerzo grande de imaginación colocar en Escocia la acción de un poema o de una novela. Sin embargo, aunque sir Walter Scott haya producido, creo, diez o doce volúmenes desde que yo escribí las líneas primeras de este —recreo abandonado por mí frecuentemente para atender a otros trabajos más serios—, hoy no escogería otro lugar ni otros accesorios si hubiese de comenzar. No fue la manía de moda lo que me impulsó, como a otros muchos, escoger esta cosmografía un tanto bárbara, con su inarmónica nomenclatura, espanto del oído y tormento de la pronunciación de nuestras damas. Fue el cariño personal que un viajero siente por la comarca que devolvió a su corazón —en una feliz sucesión de impresiones vivas y nuevas— algunas de las ilusiones de la edad juvenil; fue la necesidad, natural en los hombres todos, de *volver a la cuna* —como dice Schiller—, *a los sueños de su primavera*. Hay una época de la vida en que el pensamiento busca con amor ciego los recuerdos y las imágenes de la cuna. Yo aún no he llegado a esta época. Hay otra época de la vida en que el alma, ya cansada, se rejuvenece todavía con las gratas conquistas sobre el tiempo y el espacio. Esta es la que quise fijar consignando sensaciones próximas a borrarse. ¿Qué significaría, si no, con nuestras costumbres y nuestra esplendorosa ilustración, la historia crédula de los ensueños de un pueblo infantil, desarrollada en nuestro país y en nuestro siglo? Somos lo bastante perfectos para que podamos gozar con estas mentiras deliciosas, y hasta nuestras aldeas tienen las luces necesarias para que hoy sea imposible situar en ellas con cierta verosimilitud las tradiciones de una superstición interesante. Hay que recorrer Europa de punta a punta, aventurarse en los mares del Norte y en los hielos del polo y descubrir en algunas cabañas semisalvajes una tribu alejada del resto de los hombres, para enternecerse con errores emocionantes, únicos restos de edades de ignorancia y también de sensibilidad.

Otra objeción de la que deba hablar, que es menos natural, pero que tiene de más alto y que ofrece consuelos tan inefables a la mediocridad didáctica y a la impotencia ambiciosa que se la ha de acoger, apresuradamente, es la que de nuevo se desarrolló en unas consideraciones harto sutiles *acerca de las usurpaciones recíprocas de la poesía y de la pintura*, disquisiciones para las que sirvió de pretexto el género llamado *romántico*. Nadie tan dispuesto como yo a confesar que el género llamado *romántico* es un pésimo género, principalmente en tanto no se deslinde y pertenezca a él todo lo que es esencialmente detestable, y ello como cosa ineludible; pero se extrema algo la proscripción cuando se la lleva al género descriptivo, y me da miedo pensar que si se priva de estos últimos elementos, tomados de la naturaleza física, invariable, a naciones avanzadas donde no existen los recursos más preciosos de la inspiración moral, habrá que renunciar pronto al arte y a la poesía. Es cierto, en general, que la poesía descriptiva es la última que brilla en los pueblos, pero esto ocurre en los pueblos envejecidos, donde nada hay que describir, porque la naturaleza no envejece jamás. De aquí resulta que en el final de todas las sociedades triunfan inevitablemente los talentos de imitación sobre las artes de la imaginación, sobre la invención y sobre el genio. La demostración rigurosa de este enunciado cae, por lo demás, fuera de este lugar.

Convengo sin replicar en que este problema no se refiere a mí, porque mis ensayos no pertenecen a un género determinado. ¿Y qué me importa lo que se diga de mi? Otro Chateaubriand, otro Bernardin de Saint-Pierre del porvenir son los que han de resolver si el estilo descriptivo es una usurpación ambiciosa del arte de pintar el pensamiento, como ciertos cuadros de David, Gérard y Girodet lo son del arte de escribir, y si la inspiración, encerrada en linderos que no deberá franquear, no tendrá jamás derecho a vagar bajo el *frigus opacum* o por las *gelidae fontium perennitates* de los poetas paisajistas, que supieron hallar expresiones felicísimas sin licencia de la Academia.[48]

N. B. La adecuada ortografía de los parajes escoceses, que debe ser inviolable en un trabajo científico, me pareció cosa de poca monta en una obra de imaginación que no está destinada a constituir autoridad ni en cosmografía ni aun en literatura: así que me permití alterarla en los nombres propios para evitar equívocos ridículos de pronunciación o consonancias ingratas. Por esto escribo *Argail*, y no *Argyle*, y *Balva* por *Balvaïg*, autorizadas, la primera por Ariosto y sus traductores, y la segunda por Macpherson y los que lo copiaron. Aun cuando podrían pasar sin el apoyo de tales autoridades para un público tan avaro de su tiempo que no lee los prefacios.

48 Expresiones de Virgilio y Cicerón: «la fresca sombra» y «la eterna frescura de las fuentes». [E.]

PREFACIO II (1832)

Esta es, de mis pequeñas composiciones literarias, la que me ha procurado el mayor placer, la ocasión de permitirme tramar una fábula muy simple con los recuerdos de lugares de los que no sabre expresar las delicias. Nada amo tanto como mis recuerdos de viaje, y me se me permitirá por lo tanto decir que estos son tan exactos como lo permite la naturaleza un poco exagerada de mis expresiones ordinarias. Gleizes dice, hablando de sus *Nuits élyséennes*, ensueño maravilloso que casi no se recuerda: *Son muy buenas si se las invoca a la sombra de la montaña negra y el ruido del viento marino*. Es por esto que busco por todas partes, porque mis mejores simpatías son para esta materia muerta que nadie puede negarme el derecho a amar. Las otras criaturas de Dios son feroces, llenas de recelo y muy celosas. ¡Sobreviven gracias al buen amor que inspiran! Por eso viajo voluntariamente solo, sin inspirar las prevenciones y la ciencia de otros, y es así como he visto Escocia, de la que hablo como un ignorante, a juicio de la *Revue d'Edimbourg*,[49] y a mi mayor satisfacción.

---

49 La *Edimburgh Review*, fundada en 1802, era una de las más famosas revistas literarias de Europa. [E.]

Yo no he buscado las deliciosas mentiras del lugar desde el cual ellos colocan su erudición y sus espíritus, que no les darán jamás alegrías comparadas a las mías. Quienquiera que descienda el Clyde y remonte de inmediato el lago Long hacia el Cobler, con *Trilby* en la mano, en algún hermoso día de verano, podrá asegurar la sinceridad de mis descripciones. Le parecerán seguramente menos poéticas que la naturaleza; si es así, la culpa es mía.

Conocía una parte de la historia de mi duendecillo escocés antes de haber buscado las tradiciones en esas magníficas montañas. Ya he dicho en mi anterior prefacio, hablando de esa balada exquisita de *La Fileuse* del señor de Latouche, escrita como él escribe, en versos como él los hace; por tanto había recibido las confidencias de esta musa, hermana privilegiada de la mía, pero un poco inquieta, e injustamente desafiante de ella misma, que parecía amontonar secretos tesoros para dármelos. Me guardé bien de oponer las pobrezas de mi prosa a las riquezas de su poesía, y por tanto busqué a los pies de los *Bens* y a bordo de los *Lochs* el complemento de la vieja fábula gala, borrada después de largo tiempo de la memoria de los guías, los cazadores y los bateleros. La he reencontrado en París, el día mismo en que la novela se compuso vagamente en mi cabeza, como el sitio del abad de Vertot.[50]

Mi buen amigo Amédée Pichot, que viaja más sabiamente que yo y que deja apenas algún lugar sin explorar en un país que ha recorrido, no ignora las baladas de Escocia y la historia de los duendecillos. Y me contó la de *Trilby*, que es cien veces más hermosa que la que encontrarán aquí, y que yo contaré voluntariamente a mi vez, ya que no creo desflorarla, pues me dio permiso para usarla a mi manera. Me puse a trabajar con la firme intención de seguir en todo punto la lección encantadora que acababa de aprender; pero esta era, es preciso reconocerlo, demasiado ingenua, demasiado risueña y demasiado graciosa para un corazón todavía locamente preocupado por las ilusiones de una edad que comenzaba ya a desvanecerse. No había escrito sino algunas páginas cuando ya había caído de las alturas sentimentales de

---

50 La historia a la que se refiere Nodier es bien curiosa: René Aubert, abad de Vertot (1655-1735), había sido encargado de escribir una historia de la Orden de Malta, que debía aparecer en 1726 con el título de *Historia de los caballeros hospitalarios de San Juan de Jerusalén* (el antiguo nombre de los caballeros de Malta). El abad había pedido por escrito, a un caballero de la orden, informes sobre el sitio de la ciudad de Rodas por Solimán. Pero como la respuesta tardaba demasiado, Vertot continuó su trabajo sin ceñirse demasiado a la verdad. Cuando los documentos solicitados llegaron, desmintiendo la fábula que había tejido, la leyenda asegura que respondió: «Lo siento mucho, pero mi sitio ha terminado». [E.]

la novela apasionada, y sentí mucho miedo de que esta malhadada disposición de mi espíritu me impidiera jamás elevarme a la altura del cuento de hadas, no sobre las huellas de Perrault (mi orgullo no va tan lejos), sino sobre las de la señorita Lubert y la señora de Aulnoy. Tomo al cielo por testigo que carecía en absoluto de alguna fiera ambición.

Solo me resta decir algunas palabras para los que me escuchan, y pendientes de mi causa. El talento del estilo es una facultad preciosa y rara que yo no pretendo tener, en la excepción que entiendo, pues no creo que haya más de tres o cuatro hombres que lo posean en un siglo, pero me agrada haber puesto más lejos que nadie el respeto de la lengua, y si la he violado en algún lugar fue por desconocimiento y no por sistema. Sé que este error es más grave y más condenable en un hombre que ha consagrado la primera parte de su vida literaria al ejercicio del profesorado, el estudio de las lenguas y al análisis crítico de diccionarios, que a otro escritor; pero entiendo incluso el reproche, comprendo que *Trilby* me ha valido, como *Los demonios de la noche*, un anatema académico en el manifiesto además extremadamente ingenioso del señor Quatremère de Quincy contra los heresiarcas de la palabra que la escuela clásica fulmina tan poderosamente. Es desde entonces que no se habla más de Byron y de Victor Hugo.

Y recordando más, encuentro que había en *Trilby* algunos nombres de localidades que no están en Horacio ni en Quintiliano, ni en Boileau ni en el señor de La Harpe. Cuando el Instituto publique, como debe hacerlo necesariamente algún día, una edición definitiva de nuestros mejores textos literarios, me comprometo a no dejar pasar sin corrección la fábula de «Los dos amigos», de La Fontaine, aquella que habla de Monomotapa...

Mapas de «Trilby»

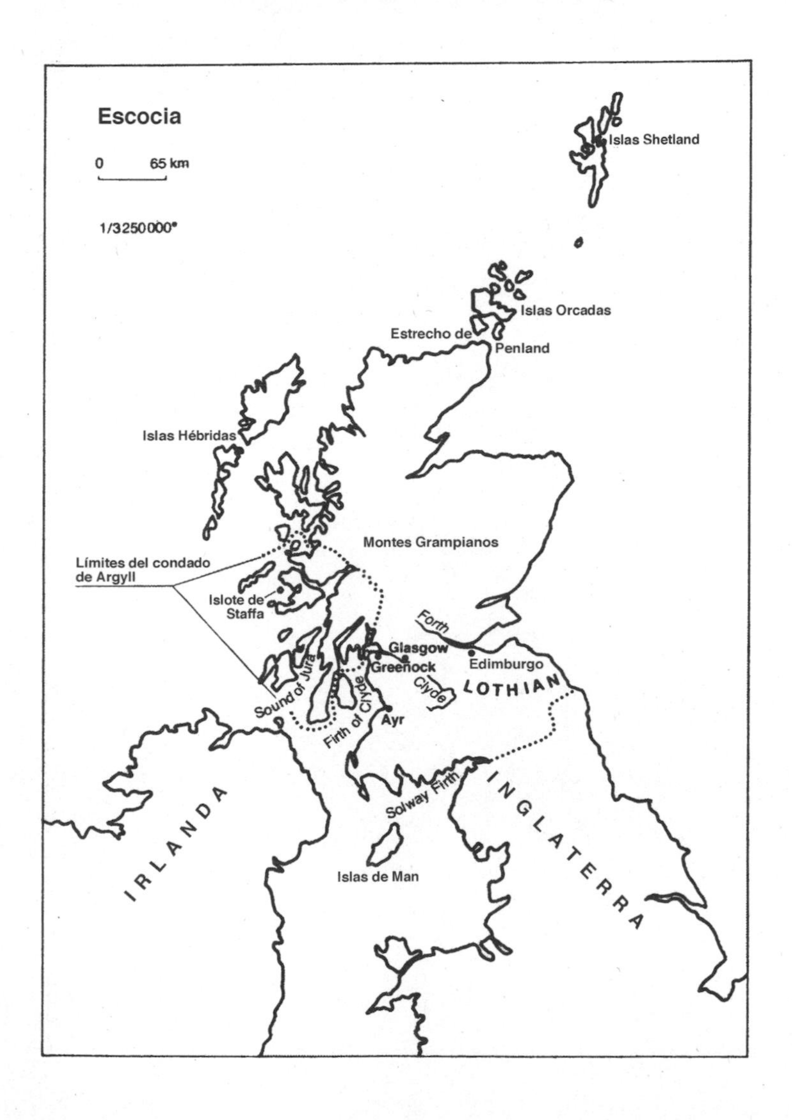

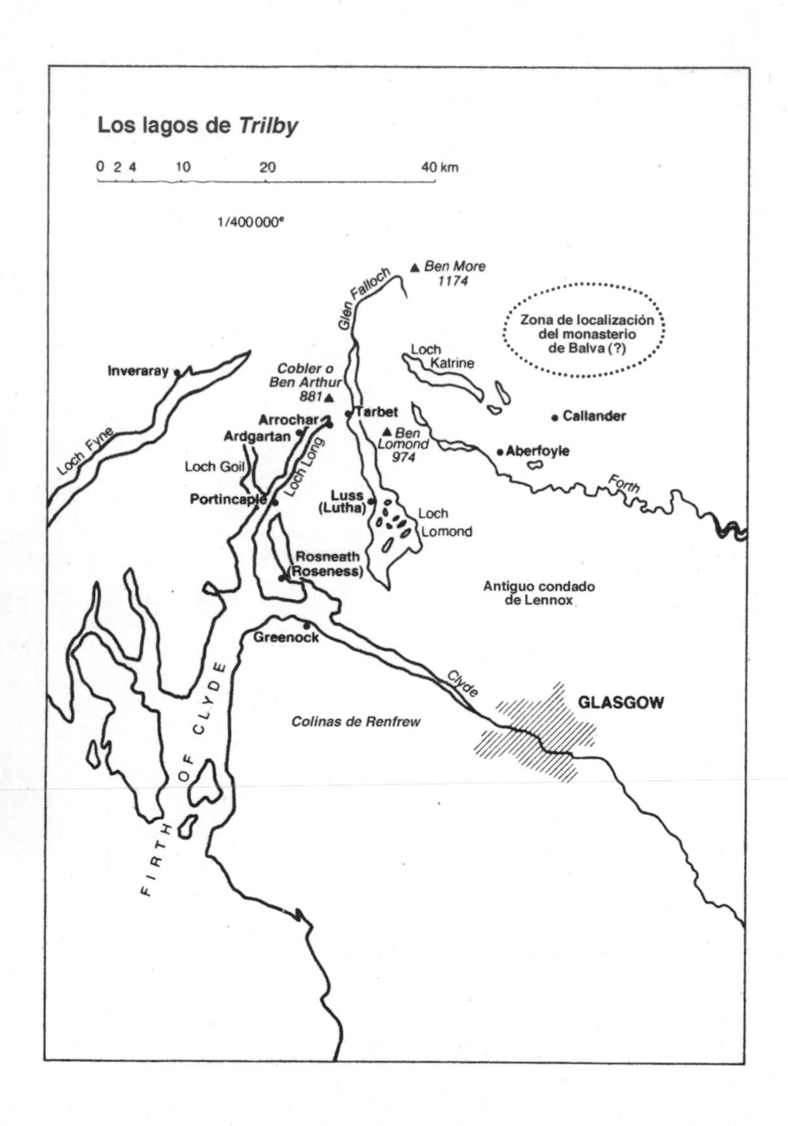
Los lagos de Trilby
0 2 4 10 20 40 km
1/400000e
Ben More
1174
Glen Falloch
Zona de localización
del monasterio
de Balva (?)
Loch
Katrine
Inveraray
Cobler o
Ben Arthur
881
Tarbet
Callander
Arrochar
Ardgartan
Ben
Lomond
974
Aberfoyle
Loch Fyne
Loch Goil
Loch Long
Forth
Portincaple
Luss
(Lutha)
Loch
Lomond
Rosneath
(Roseness)
Antiguo condado
de Lennox
Greenock
Clyde
GLASGOW
Colinas de Renfrew
FIRTH OF CLYDE

Apéndice

Sobre lo fantástico en la literatura

Estudio aparecido en la Revue de Paris *en diciembre de 1830. Hemos limitado el texto, por una cuestión de espacio, en especial a la literatura francesa y a las fuentes de* Los demonios de la noche *y de* Trilby.

Si investigáramos acerca de cómo debió proceder la imaginación del hombre en la elección del objeto de sus primeros deleites, llegaríamos sin duda a creer que la literatura de los orígenes, estética, más por necesidad que por elección, se amparó, durante largo tiempo, detrás de la expresión ingenua de la sensación. Más tarde, llegaría a comparar entre sí las diferentes sensaciones, complaciéndose en desarrollar las descripciones, considerando los aspectos característicos de las cosas, reemplazando palabras mediante figuras. Tal es el objeto de la poesía primitiva. Cuando aquel tipo de impresiones fue modificado y casi llevado a su agotamiento mediante un largo uso, el pensamiento se elevó de lo conocido hasta lo desconocido. Profundizando en las leyes ocultas de la sociedad, estudió los resortes secretos de la organización universal; y escuchó, en el silencio de la noche, la maravillosa armonía de las esferas, inventando las ciencias contemplativas y las religiones. Aquel imponente ministerio supuso la iniciación del poeta a la gran tarea de la legislación. Descubriéndose, a consecuencia de aquella fortaleza que se había revelado en él, magistrado y pontífice, instituyó por encima de todas las sociedades humanas un santuario sagrado que solo se comunicaría con la tierra mediante solemnes instrucciones: desde una zarza ardiente, desde la cumbre del Sinaí, desde las alturas del Olimpo y del Parnaso, desde las profundidades del recinto de la Sibila, a través de la umbría de las encinas proféticas de Dodona o los bosquecillos de Egeria. Aunque la literatura que era puramente humana se encontraba limitada a las cosas ordinarias de la vida positiva, no por ello había perdido el elemento inspirador que la divinizó en su primera edad. Solo que, como ya había dado lugar a sus creaciones esenciales, que el género humano había recibido en nombre de la verdad, se extravió, adrede, en una región ideal menos imponente, pero no por ello menos rica en seducciones; y, para decirlo todo, inventó la mentira. Fue aquella una brillante e inconmensurable carrera en la que, abandonada a todas las ilusiones de una dócil credulidad, porque era voluntaria, a los prestigios ardientes del entusiasmo, tan natural en los pueblos jóvenes, a las alucinaciones apasionadas de los sentimientos que aún no han sido desengañados por la experiencia, a las vagas percepciones de los terrores nocturnos, de la fiebre y de los sueños, a las ensoñaciones místicas de un espiritualismo tierno hasta la abnegación o llevado hasta el fanatismo, aumentó rápidamente sus dominios con inmensos y maravillosos descubrimientos, mucho más sorprendentes y variados que los que le había proporcionado el mundo plástico. Al poco tiempo, todas aquellas fantasías del genio debidamente inspirado en que se había convertido el mundo espiritual, resuelto y especial, tomaron cuerpo, todos aquellos cuerpos facticios tomaron una individualidad, todas estas individualidades una armonía, y así se tuvo el mundo intermedio. De estas tres operaciones sucesivas, la de la inteligencia inexplicable que había fundado el mundo material, la del genio divinamente inspirado que había adivinado el mundo espiritual, la de la imaginación que había creado el mundo fantástico, se compuso el vasto imperio del pensamiento humano. Los lenguajes han conservado fielmente las huellas de esta generación progresiva. El punto culminante de su desarrollo se pierde en el seno de Dios, que es la sublime ciencia. Todavía llamamos *supersticiones*, o ciencia de las cosas elevadas, a esas conquistas secundarias del espíritu, sobre las que —y esto en todas las religiones— se apoya la propia ciencia de Dios, y cuyo nombre indica que todavía se encuentran situadas más allá de todas las proyecciones vulgares. El hombre puramente racional se encuentra en el último grado. Y sería en el segundo, es decir, en la región media de lo fantástico y del ideal, en donde habría que situar al poeta, si estuviéramos haciendo una buena clasificación filosófica del género humano.

Ya he dicho que incluso la ciencia de Dios se apoyaba en el mundo fantástico o *superstant*, y esto es algo que resulta prácticamente inútil demostrar. En lo que sigue solo consideraré los empréstitos que ha obtenido de la invención fantástica de todas las naciones, aunque los estrechos límites que me he impuesto no me permitan multiplicar los ejemplos que, por lo demás, se presentan de manera espontánea a todos los espíritus. ¿Quién no recuerda, en una primera panorámica, los amores tan misteriosos de los ángeles, apenas nombrados en la Escritura, con las hijas de los hombres; la evocación de la sombra de Samuel por la vieja pitonisa de Endor, aquella otra visión, sin forma ni nombre, que apenas se manifestaba como un vapor confuso y cuya voz se asemejaba a un débil soplo; esa mano gigantesca y amenazante que escribió una profecía de muerte, en medio de festines, en las paredes del palacio de Baltasar, y sobre todo, aquella incomparable epopeya del Apocalipsis, concepción grave, terrible, abrumadora tanto para el alma como para el individuo, que supone el juicio final de las razas humanas y fue entregada a las jóvenes iglesias por una genial previsión que parece haberse anticipado al futuro e inspirarse en la experiencia de la eternidad?

Lo fantástico religioso, si se me permite el expresarme de esa manera, fue por necesidad solemne y sombrío, puesto que solo debía actuar sobre la vida positiva a través de impresiones serias. Por eso la fantasía puramente poética, en modo contrario, se aderezó con todos los encantos de la imaginación. Su único objetivo fue presentar bajo un aspecto hiperbólico todas las seducciones del mundo positivo. Madre de los genios y de las hadas, supo sacar de sí misma los atributos de su poder y los milagros de su varita. Bajo la influencia de su prisma prestigioso, dio la impresión de que la tierra se abría, pero solo para descubrir rubíes de fuegos tornasolados, zafiros más puros que el azur del cielo; el mar solo llevaba hacia sus orillas coral, ámbar y perlas; en el jardín de Sadi, todas las flores se convirtieron en rosas, todas las vírgenes en huríes del paraíso de Mahoma. Fue de tal suerte que llegaron a nacer, en la región más favorecida por la naturaleza, los cuentos orientales, resplandeciente galería de los más raros prodigios de la creación y los más deliciosos sueños del pensamiento, inagotable tesoro de joyas y perfumes que fascina los sentidos y da a la vida una dimensión divina. Es muy probable que el hombre que busca, inútilmente, una compensación pasajera al amargo tedio de su realidad no haya leído todavía *Las mil y una noches*.

Y aquella musa caprichosa, de risueña apariencia, velada con perfumadas gasas, de mágicos cantos, de deslumbrantes apariciones, que había emprendido su vuelo en la India, se detuvo sobre la naciente Grecia. La primera edad de la poesía acababa entre invenciones místicas. El cielo mitológico estaba poblado por Orfeo, Lino[51] y Hesíodo. La *Ilíada* había completado la cadena maravillosa del mundo sublime, incorporando a su último eslabón los héroes y los semidioses, en una historia que hasta entonces no tenía parangón, en donde el Olimpo se comunicaba por primera vez con la tierra mediante sentimientos, pasiones, alianzas y combates. La *Odisea*, segunda parte de esa biología poética, y no necesito más pruebas para afirmar que fue concebida por el genio sin rival que había concebido la primera, nos mostró al hombre en relación con el mundo imaginario y el mundo positivo, utilizando para ello los viajes fantásticos y llenos de aventuras de Ulises. Todo delata en ella el esquema narrativo propio del Oriente, todo manifiesta la exuberancia del principio creador que acababa de generar las teogonías y que extendió sobre el vasto campo de la poesía, y de manera abundante, el excedente de su fecunda poligenesia, como el escultor que, a parte de los restos de la arcilla con la que diera forma a la estatua de un Júpiter o un Apolo, se entretuviera en modelar con sus dedos formas raras

51 El músico tebano Lino, cuya existencia parece ser solo mitológica, es citado por Homero y Virgilio. [E.]

pero ingenuas, características de lo grotesco, siendo capaz de improvisar, bajo los rasgos deformes de Polifemo, la caricatura clásica de Hércules. ¿Qué otra prosopopeya hay que sea, a la vez, más natural y más atrevida que la historia de Escila y Caribdis? ¿No debió de ser así como los antiguos navegantes se imaginaron aquellos dos monstruos marinos, y el espantoso tributo que imponían al inexperto navío que se atrevía a tantear sus escollos y las voces destempladas de las olas que aullaban al rebotar en sus rocas? Si todavía no habéis oído hablar de las insidiosas melodías de la Sirena, de los más seductores encantamientos de una bruja enamorada que os cautiva mediante hechizos florales, de la metamorfosis del curioso temerario que se encuentra de repente en una isla desconocida por los navegantes, atrapado en la forma y los instintos de una bestia salvaje, preguntadle a la gente o a Homero. El descenso del rey de Ítaca a los infiernos recuerda, a pesar de sus proporciones gigantescas y admirablemente idealizadas, a las gules y a los vampiros de las fábulas levantinas que la sabia crítica de los modernos tanto reprocha a nuestra nueva escuela; eso da idea de lo lejos que los piadosos sectarios de la antigüedad homérica, a los que tan risiblemente confiamos la custodia de las buenas doctrinas, están de comprender a Homero, ¡o es que lo han leído mal!

Lo fantástico exige a la verdad una virginidad de imaginación y de creencias que no se da en las literaturas secundarias, y que solo se reproduce en ella después de una de esas revoluciones a cuyo final se ha conseguido la renovación de todo; pero entonces, y cuando las propias religiones quebrantadas hasta sus cimientos ya no se dirigen a la imaginación, o no le aportan más que nociones confusas, oscurecidas día tras día por un inquieto escepticismo, es ciertamente necesario que esta facultad de producir lo maravilloso de la que la naturaleza lo ha dotado se ejercite sobre un género creativo más vulgar y mejor apropiado a las necesidades de una inteligencia materializada. La aparición de las fábulas tiene lugar, una vez más, en el momento en que acaba el imperio de esas verdades reales o tenidas por tales, que otorgan un atisbo de alma al desgastado mecanismo de la civilización. Esta es la explicación de por qué lo fantástico ha llegado a ser tan popular en Europa desde hace algunos años, haciendo que sea la única literatura esencial de la edad de decadencia, o de transición, a la que hemos llegado. A pesar de lo expuesto, debemos reconocer que se trata de un beneficio espontáneo de nuestra organización; pues si el espíritu humano no siguiera complaciéndose aún con vívidas y esplendentes quimeras, cuando tocara al desnudo las repulsivas realidades del mundo verdadero de esta época de engaño, sería presa de la más violenta desesperación, y la sociedad ofrecería la espantosa revelación de una necesidad unánime de disolución y suicidio. Así pues, no hay que gritar tanto en contra de lo romántico y lo fantástico. Estas pretendidas innovaciones son la inevitable expresión de períodos extremos de la vida política de las naciones, y sin ellas, imagino a duras penas lo que podría quedarnos del instinto moral e intelectual de la humanidad.

Así pues, tras la caída del primer orden de cosas, en lo social, del que hemos conservado su recuerdo, el de la esclavitud y la mitología, la literatura fantástica surgió, como el sueño de un moribundo, entre las ruinas del paganismo, en los escritos de los últimos clásicos grecolatinos, Luciano y Apuleyo. Desde Homero había caído en el olvido; y el propio Virgilio, a quien una imaginación sosegada y melancólica transportaba con facilidad hasta las regiones de lo ideal, no se había atrevido a tomar prestados a las musas primitivas los colores inciertos y terribles del infierno de Ulises. Poco tiempo después de él, Séneca, todavía más positivo, llegó hasta despojar a lo venidero de su impenetrable misterio en los coros de *Las troyanas*; tras de lo cual expiraría, sofocada bajo su mano filosófica, el último destello de la última antorcha de la poesía. La musa solo se despertaría un momento, caprichosa, desordenada, frenética, animada con una vida que había tomado prestada, divirtiéndose con amuletos encantados, manojos de hierbas venenosas y huesos de muertos, al resplandor de las antorchas de las brujas de Tesalia, en *El Asno de Lucio*.[52] Todo lo que desde entonces hasta el Renacimiento ha quedado de ella, es el confuso murmullo de una vibración que se extingue cada vez más en el vacío, esperando un nuevo impulso para volver a comenzar de nuevo. Lo que aconteció a griegos y latinos debía acontecernos a nosotros. Lo fantástico se lleva a las naciones cuando están en mantillas, como el rey de los alisos, tan temidos por los niños, o aparece para asistirles en su lecho fúnebre, como el espíritu familiar de César; y cuando sus cánticos acaban, todo concluye.

---

52 Relato del romancero griego Luciano, tomado por Apuleyo como base para su *Asno de Oro*, obra que —como hemos visto— tuvo gran influencia en Nodier para la elaboración de *Los demonios de la noche*. [E.]

Seguidamente, desgraciadamente demasiado largo para ser reproducido aquí, se ocupa del desarrollo de las novelas medievales, de Dante, Ariosto y Shakespeare, «que comprendía los prodigios del reino del sol, como si en sueños se hubiera paseado cogido del brazo de algún hada». En cuanto al fantástico francés, Nodier deplora su pobreza, que retomaremos aquí con sus impresiones sobre Perrault, invocado como modelo inspirador.

La producción digna de hacer época en las más bellas de las edades literarias, la obra maestra, ingenua por su naturalidad e imaginación, que aún por mucho tiempo hará las delicias de nuestros descendientes, y que, sin género de dudas, sobrevivirá junto a Molière, La Fontaine y algunas de las más bellas escenas de Corneille a todos los monumentos del reinado de Luis XIV, el libro sin parangón que las más felices imitaciones han hecho que en adelante sea inimitable lo constituyen los *Cuentos de Hadas* de Perrault. Su composición no está totalmente de acuerdo con las reglas de Aristóteles y su estilo poco figurado no ha ofrecido, que yo sepa, a los compiladores de nuestros retóricos, muchos y ricos ejemplos de descripciones, de amplificaciones, de metáforas o de prosopopeyas; incluso habría alguna dificultad, y lo digo para vergüenza de nuestros diccionarios, en encontrar en estos amplios archivos de nuestra lengua informaciones positivas acerca de algunas locuciones desacostumbradas, las cuales, al menos en lo que concierne a los extranjeros, siguen esperando que el etimólogo y el crítico se preocupen de ellas: y no disiento acerca de que hay buen número de ellas, como la que sigue: *Tirez la cordelette et la bobinette cherra*, que podrían dar graves quebraderos a los venideros Saumaises;[53] pero es seguro de que sus innumerables lectores las comprenden de maravilla, y puede apreciarse que el autor ha tenido la modesta sencillez de no trabajar para la posteridad. ¡Qué intenso atractivo, por si fuera poco, ofrecen hasta en sus más nimios detalles esas encantadoras bagatelas, qué verosimilitud en los personajes, qué originalidad tan ingeniosa e inesperada en las peripecias! ¡Qué locuacidad tan fresca y subyugadora en los diálogos! Tanto que no dudo en afirmar que mientras que sobre nuestro hemisferio quede en pie un pueblo, una tribu, una aldea, una tienda, en donde la civilización consiga refugiarse contra las progre-

53 Se refiere a los estudios del erudito francés Claude Saumaise (1588-1653).

sivas invasiones de la barbarie, se llegará a hablar, entre los resplandores del solitario hogar, de la aventurada odisea de *Pulgarcito*, de las venganzas conyugales de *Barba Azul*, de las sabias maniobras del *Gato con Botas*; y los Ulises, Otelos y Fígaros de los niños vivirán durante tanto tiempo como los otros. Si hay algo que poner en términos comparativos con la perfección sin defectos de esas epopeyas en miniatura, si pueden oponerse algunas idealidades, aún más frescas, a los inocentes encantos de Caperucita, a las alegres travesuras de Finette o a la conmovedora resignación de Grisélidis,[54] será entonces en el seno del propio pueblo en donde habrá que buscar esos poemas que han pasado desapercibidos, tradicionales delicias de las veladas de los pueblos y de los que, con buen juicio, Perrault ha extraído sus narraciones. No niego que se ha disertado, y muy sabiamente, en nuestros días, sobre *Cuentos de Hadas* cuyo origen se quiere situar bastante más lejos, y que se intenta hacernos creer, si hacemos caso a los eruditos, que *Piel de asno* es una importación de Arabia, que *Riquete el del Copete* no ejercía el derecho

54 *La paciencia de Grisélidis*, atribuida aquí a Perrault, era en realidad una adaptación del último cuento del Decameron, donde Boccacio pone en escena al personaje semilegendario de Griselda de Saluces. [E.]

feudal sobre sus antiguos dominios sin exhibir un título de investidura timbrado desde el Oriente, y que la torta y el bote de mantequilla, a pesar de su falsa apariencia local, nos fueron traídos un buen día por un Simbad cualquiera, que llegó a lomos de un efrit desde la tierra de *Las mil y una noches*. Se nos ha acostumbrado tanto a la imitación, desde el establecimiento de esa dinastía aristotélica por la que aún somos gobernados desde lo alto del Instituto, que ha llegado a ser dogma literario que en Francia no se inventa nada, y es probable que al Instituto no le falten buenas razones para inducirnos a creerlo. Mi sumisión a sus preceptos no podría llegar a tanto. Nuestras benéficas hadas, con varitas de hierro o de avellano, nuestras hadas repelentes y hurañas con su yunta de murciélagos, nuestras princesas todo amabilidad y simpatía, nuestros príncipes mágicos y bien parecidos, nuestros ogros estúpidos y feroces, nuestros matagigantes, las maravillosas metamorfosis del Pájaro Azul, los portentos de la Rama Dorada,[55] pertenecen a nuestra antigua Galia, de la misma manera que su cielo, sus costumbres y sus monu-

---

55 *El Pájaro Azul* es uno de los relatos más famosos de la señora de Aulnoy, ya mencionada por Nodier en sus prefacios (véase pág. 180); La *Rama Dorada* es el talismán que permite a Eneas obtener de Charon el paso del Éstige, el río del Infierno (véase *La Eneida*, Libro VI). [E.]

mentos, ignorados durante demasiado tiempo. Ya está bien de llevar más lejos el desprecio hacia una nación espiritual que tanto se ha lanzado hacia delante por su propia iniciativa en todos los caminos de la civilización, al poner en duda el mérito que supone tener la inventiva necesaria para dar vida a los héroes de la *bibliothèque bleu.*[56] Si lo fantástico no hubiera existido nunca entre nosotros por su propia naturaleza e inventiva, hecha abstracción de cualquier otra literatura antigua o exótica, no habríamos tenido sociedad, pues nunca ha existido ninguna sociedad que no lo hubiera tenido y adaptado a sus peculiaridades. Los excursiones de los viajeros no han dejado de mostrarles una familia de salvajes que no narrase alguna historia extraña, y que no situase, ya fuera en las nubes de su atmósfera o en los humos de su choza, algún misterio arrebatado del mundo intermedio gracias a la inteligencia de los ancianos, la sensibilidad de las mujeres o la credulidad de los niños. No son pocas las veces que los orientalistas apasionados, que nos roban las fábulas de nuestras nodrizas para rendir con ellas homenaje a los corifeos

56 Se denominaba así, «biblioteca azul», a las colecciones de novelas populares adaptadas de las narraciones de caballería del medievo. [E.]

de las almeas y las bayaderas, se han sentado en la choza del aldeano, o cerca de la barraca nómada del leñador, o en la parloteadora velada de las agramadoras, o en la alegre cabaña de los vendimiadores. ¡Lejos de acusar a Perrault de plagiario, deberían quizá quejarse de la parca parsimonia con la que distribuyó a nuestros antepasados las sorprendentes crónicas de unas edades que no han existido y que no existirán nunca, por actuales y vivas que estén todavía en la memoria de nuestros troveros de aldea! ¡Cuántas narraciones hermosas habrían podido escuchar, impregnadas, con tanta vivacidad, de los usos, las costumbres y los nombres de la región, que el más intrépido etimólogo se vería obligado, al escucharlas, a detenerse por vez primera ante la incontestable fuente de donde emanan las invenciones y las cosas y en la que nunca se le había ocurrido pensar por ser de otra naturaleza y de otra sociedad! Desde que a la vieja mujer sentimental, soñadora y quizás un poco bruja, se le ocurriera, por primera vez, improvisar esas fablillas poéticas, al llameante resplandor de un puñado de enebro seco, para adormilar la impaciencia y los dolores de un pobre niño enfermo, se han ido repitiendo fielmente, de generación en generación, en las largas veladas de las hilanderas, entre el ruido monótono de los tornos, apenas alterado por el tintineo del hierro ganchudo que aviva la brasa, y se repetirán siempre, sin que a ningún nuevo pueblo se le ocurra disputárnoslas; pues cada pueblo tiene sus historias, y la facultad creadora del narrador es lo suficientemente fecunda en todos los países como para que tenga necesidad de ir a buscar a tierras lejanas lo que posee dentro de sí, como los músicos ambulantes y los derviches. La tendencia hacia lo maravilloso y la facultad de poder modificarlo, de acuerdo con determinadas circunstancias naturales o fortuitas, son innatas en el hombre. Es el instrumento esencial de su vida imaginativa y, posiblemente, la única compensación verdaderamente providencial de las miserias que son inseparables de su vida social.

A continuación evoca, a propósito de Alemania, el renacimiento de lo fantástico europeo en la época revolucionaria. Y después de un breve saludo a Tieck y Hoffmann, termina su ensayo con una alusión a los críticos «positivos».

En Francia, donde lo fantástico se halla hoy día tan desprestigiado por los árbitros supremos del gusto literario, quizá no sería inútil investigar cuál había sido su origen, señalando, de pasada, sus principales épocas, y relacionando con nombres gloriosamente consagrados los títulos culminantes de su genealogía; pero yo no he trazado más que los tenues lineamientos de su historia y me guardaré muy bien de emprender su apología contra los espíritus doctamente prevenidos que han abdicado de las primeras impresiones de su infancia para atrincherarse tras un exclusivo orden de ideas. Las cuestiones sobre lo fantástico pertenecen en sí mismas al dominio de la fantasía. ¡Dios me guarde de despertar, en lo que a ellas se refiere, las miserables disputas de los escolásticos de los pasados siglos y de transportar una querella teológica al terreno de la literatura, en interés de la gracia de lo maravilloso y del libre arbitrio del espíritu! Lo que me atrevo a creer es que si la libertad de la que se nos habla no es, como en ocasiones he llegado a temer, una decepción de juglares, sus dos principales santuarios se hallan en la creencia del hombre religioso y en la imaginación del poeta. ¿Qué otra compensación prometeríais vosotros a un alma profundamente afligida por la experiencia de la vida, qué otro porvenir podría ella forjarse en lo sucesivo, ante la angustia de tantas esperanzas fracasadas, que llevan consigo las revoluciones? Os lo pregunto a vosotros, hombres libres que vendéis a los albañiles el claustro del cenobita, y que lleváis vuestra labor de zapa bajo la ermita del solitario, adonde ha ido a refugiarse junto al nido del águila. ¿Podéis devolver sus alegrías a los hermanos que rechazáis, que puedan resarcirles de la pérdida de un único error que les aportaba consuelo, y os creéis tan seguros de las verdades que tan caras hacéis pagar a las naciones, para estimar su árida amargura al precio de la dulce e inofensiva ensoñación del desgraciado que se duerme feliz? Sin embargo, todo goza en vuestra casa, hay que decirlo, de una libertad sin límites, aunque no se dé la conciencia y el talento. ¡Y vosotros no sabéis que vuestra marcha triunfante a través de las ideas de una generación vencida ha conseguido interesar tan poco al género humano que solo quedan a vuestro alrededor algunos hombres que tienen necesidad de ocuparse de otra cosa que no sean vuestras teorías, de ejercitar su pensamiento en una progresión imaginaria, sin duda, pero que quizá no lo es más que vuestra progresión material, y cuya previsión ni se halla menos alejada de la protección de las libertades que invocáis que la de vuestras tentativas de perfeccionamiento social! Os olvidáis de que todo el mundo ha recibido, al igual que vosotros, en la Europa viva, la educación de Aquiles, y que no sois los únicos que habéis quebrado los huesos y las venas de león para absorber su médula y beber su sangre. Es un hecho, y sin duda un bien, que el mundo positivo os pertenezca irrevocablemente; pero romped, romped la vergonzosa cadena del mundo intelectual, con el que os obstináis en agarrotar el pensamiento del poeta. Hace ya tiempo que tuvimos, cada uno en su momento, nuestra batalla de Filipos; y muchos no han esperado hasta entonces, os lo juro, para convencerse de que la verdad no era más que un sofisma y que la virtud solo era un nombre. Es a estos a los que les es necesaria una región inaccesible a los movimientos tumultuosos de la muchedumbre para poder colocar en ellos su porvenir. Esta región es la fe para los que creen, el ideal para los que sueñan y que prefieren, para compensar, la ilusión a la duda. Y además, porque, a fin de cuentas, sería necesario que lo fantástico regresara, a pesar de los esfuerzos que se hagan para proscribirlo. Lo que más difícilmente se desarraiga de un pueblo no son las ficciones que lo mantienen, sino las mentiras que lo divierten.

Título original: *Du fantastique en littérature* (fragmento)

Algunos fenómenos del sueño

Casi tan importante como el anterior, este estudio —aparecido en la Revue de Paris *en febrero de 1831— es vital para comprender el pensamiento que se esconde tras* Los demonios de la noche *y el universo de la pesadilla.*

No soy médico, ni fisiólogo, ni filósofo, y todo lo que sé de las elevadas ciencias se reduce a algunas impresiones comunes que no valen la pena sujetar a un método. No les otorgo más importancia que en mérito al tema; y como es asunto de sueños, no se las doy más que a los sueños. O si los sueños tienen, de alguna manera, lugar en la serie lógica de nuestras ideas, lo tienen evidentemente en último lugar. Lo que más infunde pavor a la sabiduría del hombre es que, el día en que los sueños más fantásticos de la imaginación sean pesados en una precisa balanza con las soluciones más comprobadas de la razón, no habrá, si esta permanece igual, un poder incomprensible y desconocido que pueda hacerla inclinar.

Puede parecer extraordinario, pero lo seguro es que el sueño no es solamente lo más poderoso, ni lo más lúcido del pensamiento, sino que las ilusiones pasajeras no se desarrollan, al menos en las percepciones de que derivan, y que hacen brotar a su arbitrio de la trama confusa de los sueños. Los antiguos, que tenían, creo, pocas cosas que envidiar en filosofía experimental, se figuraban espiritualmente este misterio bajo el emblema de la puerta transparente que da entrada a los sueños matinales, y la sabiduría unánime de los pueblos lo ha expresado de una manera aún más viva en las locuciones significativas de todas las lenguas: *Dormiré, soñaré, es necesario que duerma ahora, la noche trae consejo*. Pareciera que el espíritu, ofuscado por las tinieblas de la vida exterior, no se franquea jamás con la misma facilidad que en el dulce imperio de esta muerte intermitente, donde se permite reposar en su propia esencia, al abrigo de todas las influencias de la personalidad que la conveniencia de la sociedad nos hace. La primera percepción que se hace a diario a través de la vaga inexplicabilidad del sueño es límpida como el primer rayo de sol que disipa una nube, y la inteligencia, un momento suspendida entre los dos estados que pertenecen a nuestra vida, se ilumina rápidamente como el rayo que corta, deslumbrante, las tempestades del cielo de las tempestades de la tierra. Es la que hace surgir la concepción inmortal del artista o del poeta; es la de Hesíodo al despertarse, los labios perfumados con la miel de las musas; Homero, los ojos abiertos por las ninfas de Meles; y Milton, el corazón conmovido por la última visión de una belleza que nunca recuperará. ¡Ay! ¿Dónde se recuperarán los amores y las bellezas del sueño! Quitad al genio las visiones de mundos maravillosos y les quitaréis las alas. El mapa del universo imaginable no está trazado más que en los sueños. El universo sensible en infinitamente más pequeño.

La pesadilla, que los dálmatas llamaban *Smarra*, es uno de los fenómenos más conocidos del sueño, y hay pocas personas que no la hayan sufrido. Son comunes en razón de la falta de acción de la vida positiva y la intensidad de la vida imaginativa, particularmente en los niños, en los jóvenes apasionados, entre las sociedades ociosas que se contentan con poco, y en los estados inertes y estacionarios que no exigen más que una atención vaga y soñadora, como los del pastor. Es, según creo, de esta disposición psicológica, colocada entre las condiciones que la hacen desarrollar, de donde sale lo maravilloso de todos los países.

Se cree, equivocadamente, que la pesadilla no provoca más que fantasías lúgubres y repugnantes. En una imaginación rica y animada, que alimenta la libre circulación de la sangre pura y la vitalidad robusta de un bello organismo, hay visiones que abruman el pensamiento del hombre adormecido por sus encantamientos como otros por sus temores. Parece tener el suelo en el cielo; combate para aproximarse a ciudades más altas que la Jerusalén celestial; se alza para alcanzar avenidas resplandecientes de escalinatas de fuego y llena sus bordes de ángeles del arpa divina, donde las inexpresables armonías no se pueden comparar a nada de lo que ha escuchado en la tierra. Presta al anciano un vuelo de pájaro para atravesar mares y montañas; y después de estas montañas, los Alpes del mundo conocido desaparecen como los granos de arena; y en esos mares, nuestros océanos se asemejan como dos gotas de agua. He aquí todo el misticismo de una religión, revelada después de que la escala de Jacob llegue al carro de Elías, y hasta los milagros futuros del Apocalipsis.

Para oponer aquí una teoría verosímil, es necesario antes establecer que la percepción, teñida por el despertar, no puede prolongarse ni propagarse en la pálida y fría atmósfera del mundo real. Este es el verdadero tema de la cuestión.

¡Y bien! Será necesario demostrar el estado de racionalismo recto y positivo al cual nos reduce el largo desencadenamiento de la vida, que este argumento no valdrá nada contra la impresión absolutamente ingenua de las primeras sociedades, que siempre han considerado al sueño como una modificación privilegiada de la vida inteligente; ¿y de dónde procede lo maravilloso, os lo ruego, si no es de la creación de las primeras sociedades?

La Biblia, que es el único libro que debe ser tenido como verdadero, apoya sus muy preciadas tradiciones sobre las revelaciones del sueño. Adán mismo cayó *en un profundo sueño enviado por Dios*, cuando este le concede una mujer.

Numa, Sócrates y Bruto, que son los más altos grados de las virtudes antiguas, que no tuvieron jamás la necesidad de engañar a los pueblos, porque no tenían legisladores ni reyes, han trasladado toda su sabiduría instintiva a las inspiraciones del sueño. Marco Aurelio, que data del ayer de la historia filosófica de la sociedad, Marco Aurelio testimonia que debe a tres sueños la salud de su vida, y la salud de Marco Aurelio es la salud del género humano.

Si la percepción del sueño es prolongada hasta el punto en que las inteligencias más poderosas de la edad intermedia, cuya inmensa simpatía no puede de por sí emocionar a la cuna del mundo, bajo la tienda del patriarca reverenciado, que cuenta, al levantarse de su siesta, las maravillas de la creación y las grandes obras de Dios, ¿acaso no le habían sido mostradas en el misterio del sueño?

Hoy mismo, la percepción del sueño vibra bastante largo tiempo en las facultades del hombre despertado para que podamos comprender sin esfuerzo como debía prolongarse antes en el hombre primitivo, que no estaba alumbrado de la llama de la ciencias y que vivía casi enteramente de su imaginación.

Luego de este desarrollo, Nodier busca probar el origen onírico de todas las religiones no cristianas. Después distingue tres estados de la vida del hombre dormido: el sonambulismo, la somniloquia (hablar en sueños) y la pesadilla; para él, estos tres aspectos están comúnmente reunidos en el mismo individuo, entregándonos un retrato en donde se reconocen las obsesiones de Los demonios de la noche *y* La Fee aux Miettes (El Hada de las Migajas), *otra de sus obras relacionadas con el tema del sueño.*

Vemos aquí a este ser ignorante, crédulo, impresionable, pensativo, he aquí que marcha y se agita, porque es sonámbulo; que habla, que gime y que llora, y que grita, porque es somnílocuo; y que ve cosas desconocidas del resto de sus semejantes, caminantes y parlantes, porque sufre la pesadilla. He aquí que se despierta ante el frescor de una rosa penetrante, de los primeros rayos del sol que atraviesan la niebla, a dos leguas del lugar donde se acostó para dormir; está, si lo deseáis, en un claro del bosque que presenta entre sus ramas dos grandes árboles súbitamente golpeados por el rayo y que balancean aún las osamentas sonoras de algunos malhechores. En el momento en que abre los ojos, la percepción que se oculta le hace retener en sus oídos algunas risas espantables; un surco de llamas o de humo que se desvanece poco a poco marca a su vista horrorizada la huella del carro del demonio; la hierba hollada en círculo alrededor de él conserva la impronta de las danzas nocturnas. ¿Dónde creéis que ha pasado esta noche de terror, si no es en el sabbat? Le sorprenden, la figura tumbada, los dientes castañeteantes, los miembros transidos de frío y lleno de agujetas; le llevan ante el juez, se le interroga: viene del sabbat; ha visto a sus vecinos, parientes, amigos, si los tiene; el diablo asistió en persona, bajo la forma de un macho cabrío, pero de un macho gigante de ojos de fuego, corneas que lanzaban relámpagos, y que hablaba una lengua humana, porque así lo hacen los animales de pesadilla. El tribunal se pronuncia; las llamas consumen al infortunado que ha confesado su crimen sin comprenderlo, y se arrojan sus cenizas al viento. Habéis visto, los fenómenos del sueño os abren el cielo, ahora os abren el infierno. Si estáis de acuerdo conmigo en que la historia de la brujería está en el interior, no estáis lejos de pensar conmigo que también es así con las religiones.

Después de desarrollar el tema abordado, Nodier busca generalizar e intenta una definición de

la mayor parte de las monomanías, que son más probablemente que la percepción prolongada de una sensación adquirida en esta vida fantástica que compone la mitad de la nuestra, la vida del hombre dormido.

Y, si por casualidad, la monomanía regresa, al adormecerse, en las realidades de la vida material, como yo no estoy alejado de creer, como todas nuestras funciones tienden perpetuamente al equilibrio, sería, relativamente un ejercicio de su pensamiento, tan *razonable* como el médico que lo sueña, es decir que lo sueña todas las noches. Lo que me confirmaría en esta idea es que jamás he visto que el monomaníaco despierte de forma súbita con la primera impresión que sea perfectamente lúcida. Su percepción se oscureció y se extendió, como la nuestra se esclarece. Quién sondeará alguna vez, ¡Dios todopoderoso!, estos misterios impenetrables del alma, en que la profundidad produce vértigo a la razón más firme.

Sigue una horrible anécdota, presentada por Nodier como un recuerdo personal, de un hombre que sueña todas las noches que desentierra a su novia muerta para devorarla; por un encadenamiento natural, Nodier se refiere al vampirismo morlaco, evocado antes en Los demonios de la noche, *y esta nueva evocación es una útil aproximación al «Prefacio I» de esta narración.*

Las hechiceras o los *ujèstize* del país, más refinados que los *vukodlacks* [vampiros] en sus abominables festines, buscan alimentarse del corazón de los jóvenes que comienzan a amar, y los comen asados sobre la brasa ardiente. Un novio de veinte años, al que envolvieron en sus trampas, y que se despertó súbitamente a propósito en el momento en que comenzaban a sondear su pecho con la mirada y la mano, se da cuenta que, para escaparse, debe asistir en su sueño a la compañía de un viejo sacerdote, que no había jamás logrado hablar de estos temibles misterios, y que no pensaba que Dios permitiera semejantes hechos a los enemigos del hombre. Este se durmió, entonces, tranquilamente, después de algunos exorcismos en la habitación del enfermo que tenía la misión de proteger del demonio; pero apenas el sueño descendió sobre sus pupilas creyó ver a los *ujèstize* planear sobre la almohada de su amigo, retozar y acurrucarse alrededor de él con una risa feroz, rebuscar en su seno desgarrado, arrancar su presa y devorarla con avidez, después de haber disputado sus despojos sobre una estufilla ardiente. Para él lazos imposibles de romper le retenían inmóvil sobre su cama y se esforzaba en vano por emitir gritos de horror que expiraban en sus labios, mientras que las hechiceras continuaban fascinándole con ojos terribles, enjugando sus bocas sangrantes con sus blancos cabellos. Cuando se despierta, advierte que su compañero, que había descendido del lecho vacilante, daba algunos pasos inseguros y se desplomaba, frío y muerto a sus pies, pues ya no tenía corazón. Estos dos hombres tuvieron el mismo sueño, a continuación de una observación prolongada, y lo que había matado a uno, el otro lo había visto. He aquí otra vez a nuestra razón abandonada a sus ideas del sueño.

No hay nadie que, después de haber leído esto, si lo lee, y después de haber verificado las páginas 64 y 65 del *Viaje* de Fortis, en la edición italiana, que no advierta que la misma historia es el tema del primer libro de Apuleyo, que probablemente no conocía al pobre morlaco ni al viejo sacerdote. Esto no es todo: esta historia de Apuleyo, que se parece a ciertas historias de Homero, es narrada por Plinio como particular de los pueblos de la baja Misia[57] y los esclavones, a los que ya he mencionado; y Plinio recurre, sobre el tema, al testimonio de Isígono. El famoso viajero Pietro della Valle lo ha reencontrado en las fronteras orientales de Persia; aparece en todos los puntos del globo y en todos los siglos.

57 Antigua comarca del noroeste de Asia Menor, situada entre el mar Egeo y el Helesponto. [E.]

La impresión de esta vida del hombre al que el sueño usurpa su vida positiva, como le revela otra existencia y otras facultades, es esencialmente susceptible de prolongarse por sí misma y de propagarse a los otros; y como la vida del sueño es mucho más solemne que la otra, es esta influencia la que ha debido predominar sobre todas las organizaciones de un cierto orden; es por esto que ha debido engendrar todos los grandes pensamientos de la creación social, e iniciar a las personas a las únicas ideas que les han sido impuestas ante la historia. Sin la acción todopoderosa de esta fuerza imaginativa, el sueño es el único fogón, el amor no es más que el instinto de un animal y la libertad un frenesí de un salvaje. Sin ella, la civilización del hombre no podría sostener una comparación con la que rige la sabia política de los castores y la previsora industria de las hormigas, porque está privada del invariable instinto que mantiene el mecanismo sublime [...].

Como hay dos poderes en el hombre o, si se lo puede expresar así, dos almas que rigen, como hombres, los pueblos también son una expresión unitaria, y por tanto en el crecimiento o la decadencia de las facultades que caracterizan al individuo como especie, hay también dos sociedades, una pertenece al principio imaginativo y la otra al principio material de la vida humana. La lucha de estas fuerzas, casi iguales en su origen, pero que se desbordan alternativamente, es el secreto eterno de todas las revoluciones, bajo cuyos aspectos se presentan.

La alternativa frecuente y convulsiva de estos dos estados es inevitable en la vida de los pueblos antiguos, y la ha hecho subir en todos los sentidos cuando el tiempo había llegado.

Los paisanos de nuestros pueblos que leen, desde hace cien años, las leyendas y los cuentos de hadas, y que los creen, leen también los periódicos y sus proclamas, y las creen.

Eran insensatos, ahora son bobos: he aquí el progreso.

¿Cuál es el mejor de los dos estados? Que lo decida quien pueda hacerlo.

Si osara decir mi parecer, como el hombre no puede escaparse por una tangente desconocida de la obligación de aceptar y de llenar las condiciones de su doble naturaleza, diría que son dos imposibles en una aplicación exclusiva.

Lo mejor es lo que tiene el uno del otro, lo mismo que el hombre, y aproximadamente lo que el cristianismo nos ha dado. Cuando no exista más una tal combinación, todo esta dicho.

En un país donde el principio imaginativo se hace absoluto, no será posible la civilización positiva, y la civilización no puede pasar de su elemento positivo.

En un país donde el principio positivo comienza a asentarse exclusivamente sobre todas las opiniones, y al mismo tiempo sobre todos los errores —si hay una opinión en el mundo que no sea un error—, no hay más que un partido a tomar, es despojarse del nombre de hombre y huir a los bosques con un estallido de risa universal; una sociedad semejante no merece otro adiós.

Título original: *De quelques phénomènes du sommeil*

Índice